# 狼王

KING
OF THE WOLF

叶炜 著

SPM 南方出版传媒
广东人民出版社

**图书在版编目（CIP）数据**

狼王 / 叶炜著. — 广州：广东人民出版社，2018.7
ISBN 978-7-218-12479-7

Ⅰ. ①狼… Ⅱ. ①叶… Ⅲ. ①中篇小说—小说集—中国—当代②短篇小说—小说集—中国—当代 Ⅳ. ①I247.7

中国版本图书馆 CIP 数据核字（2018）第 001440 号

Lang Wang

狼 王

叶炜 著



**出 版 人：**肖风华

**责任编辑：**马妮璐 刘 宇
**责任技编：**周 杰 易志华
**装帧设计：**广 岛（@广岛 Alvin）

**出版发行：**广东人民出版社
**地 址：**广州市大沙头四马路 10 号（邮政编码：510102）
**电 话：**（020）83798714（总编室）
**传 真：**（020）83780199
**网 址：**http://www.gdpph.com
**印 刷：**北京时尚印佳彩色印刷有限公司
**开 本：**787mm×1092mm 1/16
**印 张：**15 **字 数：**144 千
**版 次：**2018 年 7 月第 1 版 2018 年 7 月第 1 次印刷
**定 价：**39.80 元

**如发现印装质量问题，影响阅读，请与出版社（020－83795749）联系调换。**
**售书热线：（020）83795240**

# 目录

# 鹿王

——动物叙事之一

## 一

我是一个战败者。

我没有成为新鹿王。

那个可恶的家伙，那个头上长着花形菱角、浑身散发出雄性味道的新鹿王正带着他的战利品——十几头可爱的母鹿奔跑在草滩上。今后那就是他的领地，他的王国，至少在一年的时间内，我们这些战败者中的任何一个都不能侵入。在这个领地里，他想和哪头母鹿好就和哪头母鹿好。

天刚下过雨，空气潮潮的，丝草泛出潮湿的腥味。盐碱滩上到处都是小水坑，就在那两个水坑之间，我和新鹿王刚刚结束一场战斗。如果不是水坑的脏水弄湿了我的眼睛，我绝不会输给那个可恶的家伙。此时他正头顶着白英草，在那些母鹿面前炫耀他的强壮和勇猛。

等着吧，我会再来的，我对新鹿王说，尽管他听不见。在即将开始的这一年里，让我先尝尝光棍的滋味吧。你们大概不会知道我们麋鹿世界的规则，我们雄鹿每年初夏都会进行一次决斗，两两随意组合，决斗胜利者再继续决斗，直到剩下最后两个，进行鹿王的最终角逐，胜利者将成为新鹿王。

只要没有其他麋鹿挑衅，在这一年里他可以安安心心地做他的鹿王，可以在他的领地里呼风唤雨。他看上哪头母鹿的时候，他就会把鼻子凑上去，然后纵身跃上母鹿的后背。那是多么醉人的一跃，母鹿会在那一瞬间发出沉闷欢快的呻吟，那声音很美妙。就在昨天，我还听过那个声音，可从今天开始，这美妙的声音将不再属于我了。它属于新的鹿王。现在我成了光棍。更可恶的是，那些母鹿，那些曾经属于我的母鹿，她们在跟着新鹿王走向新领地的时候，没有一个肯回头看看我，就连我最心爱的小花，也没有回头。她们很懂得遵守麋鹿的规则，她们清楚从决斗结束那一刻起，她们已经无可选择地成为新鹿王的战利品了。

不过还好，在过去属于我的一年里，我成功地让每一头发情的母鹿都怀上了我的种。她们身上散发出来的每一点气味我都熟悉。看吧，我会回来的，我会重新成为鹿王的。也许我应该反思，我的失败不是那一地脏水的缘故，而是我在过去的一年里消耗了太多的体力，我纵欲过度了。为了让属于我的母鹿们都能得到繁衍后代的机会，我必须每天都和她们中的一个甚至几个交配。这既是作为鹿王应尽的义务，当然也是我的欲望、乐趣所在。我们中年龄最大的那头老麋鹿（我们都叫他知道分子）曾告诉过我，我们麋鹿生性淫迷，所以叫麋鹿。我们喜欢交配，不仅仅是为了繁殖后代。我们属于哺乳纲，偶蹄目，起源于 200 多万年前。因为气候变化等原因导致我们的数量越来越少。因尾似驴非驴，蹄似牛非牛，颈似驼非驼，角似鹿非鹿，人类把我们称为四不像。

现在，那个老知道分子就在我的前面，他安静地站在水沟旁边，面带微笑地看着我。

你这个可恶的老家伙，在嘲笑我吗？我向他发出威胁。

他竟然毫不理会我，垂下头，看自己在水中的倒影。

你是一个失败者，你没有资格这样跟我说话。他欣赏够了他的那副丑陋的尊容，慢吞吞地开口了。

我讨厌他。这个家伙活得时间太长了。我们中间有的活到十年就死掉了，最多的二十年，但早就病歪歪的了。可他活了都快三十年了，他还没有死的迹象。现在你听到了，他也敢嘲笑我了。就在昨天，所有的雄鹿包括他对我都是敬而远之，而现在，所有的家伙都开始用轻蔑的眼神看我。

你这个老不死的，别对我说那样的话。我会再次雄起的，明年的决斗，我还会成为鹿王！你看着吧，那些母鹿还会属于我！

你别吹牛了。我们中间还从来没有过一只雄鹿能当两次鹿王的先例，小伙子，现实一点吧，你这一生能当一次鹿王就不错了。我本来想告诉你失败的原因，我一直在观战。可是，看你现在对待我的态度，算了，我不愿意说了。

忘了告诉你们了，这个老家伙一生只顾钻研知识，还没有当过一次鹿王。他也参加过决斗，可总是进入不了最后的决斗。老实说他体质不怎么好。这些肚子里有墨水的家伙好像体力都不行。但你不要以为他没尝过和母鹿交配的滋味。我听说这个老家伙曾经犯过错误，勾引了一只才三岁的小母鹿。这个年龄的母鹿刚刚成熟，就像这个季节刚长出的芦苇梢，味道纯美。这个老家伙，是老鹿吃嫩草。这已经是十年前的事情了，我应该拿这件事羞辱羞辱他。

喂，老家伙。你忘了十年前干过的好事了？我拿话激他，回报他看不起我的轻蔑。

唉，那事儿……老家伙脸红了，这就是知道分子的弱点。

看到他发窘的样子，我不忍心继续挖苦他，我应该尊重老年鹿。一只“小护士”飞来，落在他的背上，脑袋一点一点地，啄食他身上的虱子。这是和我们一起生活在这片滩涂盐碱地上的一种鸟，因为她们头顶上有一圈白斑，且喜欢啄食我们身上的虱子，所以我们都叫她们“小护士”。她们是我们的好朋友。

我不想搭理老知道分子，继续往前走。走过这片水域，前面有一片草地。那儿环境不是太好，嫩草儿少，我喜欢吃的丝草也不多。但好地方都让鹿王占领了，我不想看到他和那些曾经属于我的母鹿尽情交欢的样子——他现在已经迫不及待地开始舔舐那头最年轻漂亮的母鹿了，我能够听到那嗞嗞的声响——那对我是莫大的刺激。我必须走得远一些。我需要安静下来，反思一下。

我继续往前走。

老知道分子跟在我的后面，他对我咋呼道：喂，可怜的家伙，我还有话要对你说，我觉得我应该把我的思考告诉你。如果你真有复仇的想法，我想我的思考会对你有些帮助。

我停下脚步。停在他背上的“小护士”飞到我身上。我背上有些痒，她来得正好。老家伙追上我，和我并排站在一起。这在以前是没有的事情，谁也不敢和鹿王并排站在一起。就算是鹿王最喜欢的母鹿也不行。这是规矩。必须遵守的规矩。可现在我已经不是鹿王了，这个老家伙站在我的旁边，我没有资格驱赶他。

你失败的根本原因是你进攻的角度不对，你没注意到他的角比你的长，我估计他的角足有 90 厘米，而你的只有 80 厘米。而且他的体格比你强壮得多，我估计在 200 公斤以上。你本来也有这样的体格，可你经过一年荒淫无度的生活，体力消耗得确实不行了。所以你不能和他硬拼，只能巧取，要动脑筋想办法才行。而你，恰恰采取了正面强攻的错误战术，你的角当然不敌他，所以弄伤了额头。知道分子说得满嘴白沫。我承认他分析得不错，这个老家伙，见多识广，都快活成精了。

可你别忘了，明年我的体力肯定会恢复的，而他——那个可恶的新鹿王——他的体力肯定也会消耗在那些永远不会满足的母鹿身上。到那时候，我就会由弱变强。

我为自己的胜利复仇寻找理由。

是的。按照道理是如此。但你别忘了，在你强壮的同时，别的雄鹿也会不断强壮。到时候，你的敌人可能不仅仅是鹿王，还有其他觊觎鹿王的雄鹿。

看得出来，知道分子很为他的思考而洋洋得意。

你这个老家伙，其实我早就想到这些了。我说。

我承认自己撒了谎。为了显示我不笨，我撒了谎。

呵呵，我觉得我可以成为你复仇的军师，我随时可以给你提供一些思考，出一些你需要的主意。

这老家伙想跟着我混。哈哈，我虽然不是鹿王了，可仍然有愿意效忠我的同道。用人类的话说，我也有粉丝了。老知道分子的话让我的自尊心得到了极大满足，我决定让他跟着我混。我抬头向天，从鼻孔里发出咻咻的声音，这是我最喜欢做的动作，这表明我正处于兴奋中。往日，属于我的那些发情的母鹿听到我这样的声音会很乖巧地踮起她们圆滚滚的屁股，发出那种暧昧腥臊的味道，吸引着我去一跃而上。现在，我身边没有了发情的母鹿，只有这个发骚的年老体弱的军师。

好，你今后就当我的军师好了。但你必须离我远点，我有事需要你的时候就来找你。等我复仇成功了，说不定会赏你一只年老体衰的母鹿——不过，我不知道你这个老家伙还能不能用得上。哈哈哈……

那些母鹿我不感兴趣，因为她们的欲望永远得不到满足。喂，我说老鹿王，你为什么让我离你远点？

因为我不想违反我们麋鹿的规则。我不想让他们看到我是靠着两只鹿的力量才赢得胜利的。

那好吧。知道分子点点头，表示理解。他重新回到了那个河沟，低头看水中的倒影。难道知道分子都有孤芳自赏的毛病？

我向前面那片草地进发。

# 二

以前属于我的那片草地已经属于新鹿王了，那真是一个好地方，春天有我喜欢吃的鹅冠草、一年蓬、白茅，夏天有芒尖苔草、狐尾藻、白英，秋季有秀竹、稗草、狗尾草，冬季有雀麦和野胡萝卜。我和我的母鹿们在那个水草丰美的地方过了一年荒淫无度、放荡不羁的日子。如今，好日子一去不复返了，我必须开辟一个新的领地。可是，再找到一个水草如此丰茂的草滩很难，据我所知，在这一大片草滩盐碱地上，一共分布着大大小小的五个麋鹿群落。那些刚刚通过决斗赢得胜利的新鹿王们正在忙着圈地，他们把憋了长达半天的尿洒在他看中的草滩周围，圈出各自的势力范围。母鹿们不能越过这个鹿王尿出的界线，别的雄鹿也不能靠近这个区域。现在，整个草滩差不多都被他们分隔完了。

我低着头往前走，我看到一片环着草滩的土坡，这里暂时没有其他麋鹿出没。这个地方有水草，不远的地方还有一片刺槐林，晚上可以在那里睡觉。我当鹿王的时候，夜里要为母鹿们站岗放哨，现在我是光杆司令了，一个人吃饱全家不饿。我要好好地养精蓄锐，以图东山再起。现在我有点饿了，我看到了一片狐尾藻，在土坡的最高处。这片狐尾藻长在一摊水沟旁，看上去还算鲜嫩。我吃了一口，感觉有点儿苦味儿。一头麋鹿刚刚来过这里，我看到狐尾藻上有斑斑点点的蹄印。哼，这肯定不是什么好鹿，吃的还不如糟蹋的多。我猜是哪个光棍所为，心理不平衡才有如此举动。战败的雄鹿从不成群结队，只有母鹿才能团结一支队伍。可母鹿都属于鹿王，不能成为鹿王的雄鹿只好孤单，心甘情愿做光棍。

站在高坡上，我看见坡的另一面有一群母鹿，一个头顶白英的家伙气宇轩昂地站在那里。他发现了我，警惕地站直了身子，嘴里发出咻咻的叫声。母鹿们迅速向他身后集结，一个个瞪大了眼睛，把我当成了入侵者。这是另一个鹿群，鹿王的个头比我高，身体比我壮。可他的母鹿们不行，我大致看了一眼，没有几头貌美如花的。这个可怜的鹿王向我发出了威胁，他抬头向天，发出嗷嗷的声响。他要我立即离开。我故意摆出一副毫不理睬的样子，卧在高处，悠闲地吃着身边的草。我的行为激怒了他，他前腿刨地，角冲前，做出进攻的动作。我看了一下这家伙的角，不一定是我的对手。但我不想开战，一是我没有心情，更主要的是我不喜欢那些母鹿，我还是想念属于我的那个母鹿群，尤其是小花，那头浑身上下都散发着青春气息的小母鹿。

那个头顶白英的家伙继续向我靠近，我一动不动，看着他一步一步走来。

这是我的地盘！走开！他说。

我没理他。我当然知道这是他的地盘。作为一个威武的鹿王，这时候他应该直接向我发起进攻，而不是讲道理。

你是个聋子吗？他停下来。

我还是不理他，感到这家伙很好笑。他以为我想挑衅他当这个鹿群的鹿王，其实我正在思考如何复仇呢。

他终于走到了我跟前，大概被我平静的样子所迷惑，不解地歪着脑袋，他一定会想，这个不动声色有一身红棕色毛发的家伙到底是干什么的？

僵持了一会儿，这个可怜的家伙又开口说话了：你到底想干什么？要么站起来决斗，要么走开！

我笑笑，咀嚼着嘴中的狐尾藻，慢腾腾地说了句：我没想侵犯你的领地，我只是在这里休息一下，吃点东西。

你是那边决斗失败的老鹿王吧？我看了你和那个新鹿王的战斗。

这家伙竟然认出了我。我不好意思再闹下去了。我站起来，摇头晃脑地走了。

我向不远处的那片刺槐林走去，我想在那里打个盹儿。经历了一场生死决斗，我有点儿累了。

天空飘过来一片乌云，遮住了刚才还明晃晃的阳光。看样子又要下雨了，草滩已经进入多雨的季节。

草丛越靠近树林长得越厚，有的已经蹭到了我的肚皮。这是大家都不喜欢吃的野兰草，它唯一的作用是到了冬天等人类来收割，或者被他们一把火烧掉。我看到过草滩上大火熊熊燃烧的情景，火红色的火焰把刺槐烧得噼噼啪啪响。这片刺槐林的底部差不多都有被烧过的痕迹，至今还散发出一股木炭的味道。

有什么东西在动，我停下来，绷紧了神经。是一只被关禁闭的雄鹿，他卧在草丛里，一副没精打采的样子。他和鹿王的母鹿偷情，犯错误了。我很友好地向他问好，跟他开玩笑：伙计，偷了几个？

就一个，刚上去，就被鹿王发现了。他笑笑，样子有些得意。

那岂不是亏了，没尽兴呢吧？我饶有兴致地问。

还好，我动作比较快，那头小母鹿正在发情期，估计能怀上了。他呵呵笑着。

被关了几天？七天？我问他。

按照鹿群的规定，偷一次情关七天禁闭，禁闭室的大小由鹿王撒尿圈出范围来决定。

七天，奶奶的。那个鹿王撒得尿特骚，他故意给我弄了这么小的一个圈子，他明明可以撒更多的尿！

我大笑。

在我的那个鹿群里，也发生过一次这样的事情。一个色胆包天的家伙勾引了我的一头母鹿，说实话那头母鹿不怎么漂亮，屁股也不怎么圆，可她的叫声好听。那次就是她无比美妙的叫声引起了我的注意。记得那天也是这样一个阴雨天，我刚刚连续和两头母鹿交配过。完了事，我感觉很累，迷糊了一会儿。一头被我唤作小环的母鹿大概被我和那两头母鹿交配的情形所吸引，我看到她屁股后面流了长长的尿线。可是我实在太累了，不能再上了。不知道是不是由于发情的缘故，小环居然被那个色胆包天的家伙哄骗到了领地边缘，在那里他们趴在了一起。小环大概是太陶醉了，她发出了刺耳的叫声，我被这个醉人的声音惊醒，当场抓住了那个正在小环身上撒野的家伙。

这事让我丢尽了鹿王的面子，所以我对那个偷情的家伙做出了最严厉的惩罚，当初划的圈比眼前这个家伙的还小。可是，我现在不得不面对的事实是，那个当初被我惩罚的家伙现在取代了我的位置成了新鹿王。他偷尝过母鹿的味道，所以积蓄了复仇的力量。我被他打败了。他是我的敌人。对我而言，他的名字就是敌人，不是新鹿王。

看样子眼前这个可怜的家伙必须要在这里待上七天了。我对他说，我要在这片树林住上一段时间，在你关禁闭的这七天里，想吃你无法够到的东西尽管说，我会尽力满足你。

他很兴奋，忘乎所以地对我说，他们都叫我老白，你呢？你叫什么？

我看到他身上的确有一圈白斑。

我没有名字，你就叫我老鹿王吧。

他大概对鹿王两个字比较敏感，缩了缩脑袋，自言自语道：老鹿王？我就害怕鹿王，你还叫鹿王！

我告诉他我刚刚在角逐鹿王的战争中失败了，正试图东山再起。

他有些吃惊地看了看我：祝你反攻成功！如果可能我会助你一臂之力！

又拉了一个支持者，更增加了我反攻鹿王的信心。

黑夜很快就降临了。我躺在一棵大刺槐树下，这是一棵非常古老的树。我记得在我很小的时候它就很大很大了，我还在它的根部撒过几次尿。现在它依然是枝繁叶茂，躺在它的树荫下我觉得很踏实。

不用看，我也知道现在一定是满天繁星。这个季节的天空是最干净、最晴朗的，这一大片滩涂上常常有一个神奇的现象，那就是只在白天下雨，夜里一般都是晴朗的。我不喜欢抬头看天，尤其是晚上。当鹿王时，有时候我不得不在半夜里为我的那些母鹿们尽一点站岗放哨的义务，我也没有欣赏璀璨夜空的习惯。据说那个喜欢思考的老知道分子有一句名言：我只相信自己的思考和我头顶上的星空。我不知道他为什么要相信不会说话的星空，在这些臭知道分子身上，总有一些莫名其妙的东西。现在，我还是回忆一下我当鹿王时的幸福生活吧。如今，我只有靠回忆来度过这漫长的夜晚了。

以前，有那些母鹿陪伴着我，我从来没有感到过孤单。她们说孤单是可耻的，可我们这些战败的雄鹿都是孤单的，难道说我们都是可耻的？我从来不相信这样的屁话。我的鼻子好像又闻到了母鹿身上发出的气味，这是处于发情期的母鹿所特有的味道，甜腻腻、骚糊糊的，这个味道能点燃所有成年雄鹿的欲望。我喜欢这种味道。

我想到了小花。她身上的味道可以传出很远。只要我的鼻子一碰到她的屁股，我就会全身心地陶醉于这铺天盖地的雌性气味中。我长时间地嗅着，逗弄着小花的耐性。她已经耐不住了，嘴里发出求爱的嘶嘶声。可是我并不着急，我还要让她煎熬一下。等她不耐烦地摆动着屁股，我会一跃而上，骑上她的身体。那时我的体格健壮，和我比小花要瘦小得多。她承受不住我 200 公斤的重量，打了好几个趔趄，艰难地站立在那里，身体在和煦的风中瑟瑟发抖。刹那间，温润的感觉触电一样迅速传遍我的全身，热血冲上我的脑袋。当我发出最后一声悠长绵软的嘶鸣，小花一下子趴倒在地上，紧闭着眼睛，大口大口地喘息着。

那是在夏天，也是像这样满天繁星的时候。我要在这个充满成熟气息的季节里让属于我的所有母鹿的肚子都大起来，作为鹿王，我有这个责任和义务。不能生育的母鹿是要被耻笑的，所有健康的母鹿都必须为繁衍后代做出贡献。在这方面，母鹿们都很自觉。差不多和人类一样，她们需要怀胎 10 个月，一年一般只产一只仔。这是我们有着优于一般物种智慧的原因。

不知什么时候，我睡着了。

我在睡梦中见到了小花。

## 三

早上下了一点雨，我说过，这个地方的夏天白天常常下雨，但下雨的时间都很短。雨后初晴，芳草青青。我肚子有点饿了，我要去找点吃的。这个季节的芦苇嫩梢味道是最美的，我向不远处的芦苇荡走去。

老白还老老实实躺在那个关禁闭的地方，这个可怜的家伙把周围的嫩草都吃光了，现在正在努力地伸长脖子够旁边的狗尾草。我向他喊道：喂，可怜的伙计，喜欢吃鲜嫩的芦苇叶子吗？要不要我给你捎点来?

老白关了这么些天，一听说有鲜嫩的芦苇叶可吃，嘴里早流出了二尺长的哈喇子。他有些低三下四地说：谢谢老鹿王，给捎点来让我也解解馋吧，等我“刑满”释放了，我会报答你的。

我打了个响鼻，乐呵呵地走向芦苇荡。

一阵微风吹来，我听到了芦苇叶子的沙沙响声，我加快了脚步。我的脚步声惊扰了一只正在草丛中觅食的灰喜鹊，他扑腾着翅膀飞上了不远处一棵刺槐的树梢，冲我摆出一副怒气冲冲的样子。我看见一只银鸥在低空翱翔，这家伙真是吃饱了撑的。

芦苇荡近在眼前了，鲜嫩纯美的芦苇梢和叶子泛着绿油油的光，我迫不及待地伸长了脑袋，大概是我的动静太大，一只正在专心致志捕食的翠鸟向我发出抗议：吵什么吵？眼看就要到嘴的鱼儿被你吓跑了！

我没工夫理他，只顾吃芦苇梢。

你这个被打败的老鹿王！一点儿风度都没有，怪不得被人家打败了！翠鸟开始挖苦我。

我仍然不说话。我要学会忍耐。自古能成大事者都需要锻炼自己的耐性。

翠鸟讨了个没趣，兀自飞走了。飞到半空又飞回来，停在半空对我喊：喂，可恶的家伙，我看见新鹿王了，他正带着他的母鹿向这边走来！你要不要躲一躲啊？

我以为他在搞恶作剧。不理他，继续吃。

翠鸟没说谎，新鹿王果然来了。他角上卷着草，在母鹿面前跑来跑去，显出威风凛凛的样子，像个大将军，他还用角把那些泥挑在自己的背上，把自己身上弄得黑乎乎的，以此显示自己的强大。母鹿们乖乖地跟着他，心无旁骛，像当年跟着我那样。

新鹿王大概昨天折腾得太多，消耗太大，饿坏了。他顾不上侦查一下周围的环境，埋下头就吃了起来。这家伙还没有经验，如果这时候周围有觊觎他的雄鹿，正好可以利用芦苇荡来勾引母鹿。要知道，在麋鹿群里，没有几只母鹿会忠心耿耿地一直跟着谁，特别是在发情期，如果鹿王照顾不周的话，她们极有可能会和别的雄鹿偷情。况且，不是所有的母鹿都能遵循着嫁鸡随鸡、嫁狗随狗的古训的，鹿王是胜利者，但不一定是所有母鹿的钟情者。那些不喜欢鹿王、心中另有情人的只是迫于麋鹿的规矩不得不跟着鹿王的母鹿们，一有机会，还是会和钟情者偷情的。对此，我有很多的经验，而这个家伙，显然还没有学会防范。

他终于看到了我。他向他的母鹿们发出一声警告，所有的母鹿都停止了吃芦苇梢的动作，愣怔怔地看着我——他们的前鹿王。她们中大部分眼神冷漠，有几只眼光热情，大概她们还能想起我以前的好处。按照规矩，此时我应该安静知趣地走开。她们现在属于新鹿王了。我不能破坏我们麋鹿的规矩，失败了就得认输。但就在我想离开的时候，我听到了一声低鸣，这声音很低，没有谁能听得到，但我听到了，那是小花，我确信她是在向我召唤。我看到她眼睛里面有亮晶晶的东西在闪动。此时，我多么想不顾一切地跑过去和她耳鬓厮磨啊。可是，我不能那样做，如果我破坏了我们的规矩，我会受到所有麋鹿的谴责。我犹豫了好长时间，直到新鹿王嘴里再次发出了威胁。这个可怜的家伙，以为这样就能够把我吓走。我走了，走向芦苇荡深处。但我不是害怕鹿王的威胁，我是想在芦苇荡深处多看小花一会儿。我走向芦苇深处的时候，忍不住回头，我看到了她的屁股，她正处在发情期，屁股后面流着晶莹的体液。或许昨天她没有得到新鹿王的垂幸，也可能是她根本对新鹿王没有兴趣。她的体液激起了我的欲望。可是，我必须忍住这种冲动。我担心的是，不知道小花会不会因为我的逃避而看不起我，我无法告诉她我是为了多看她一会儿才逃避的，我不是害怕新鹿王。小花啊小花，你能理解我吗？我看到了小花泪光闪闪的眼睛。我的心痛极了。

让我想不到的是，新鹿王没有因为我的走开而留下来，他果断地带着母鹿们跑上了不远处的山坡。这个可恶的家伙，大概识破了我的计划。而可怜的小花，只来得及看了我一眼，就不得不跑开了。

看着她们远去，我暗下决心，为了小花，我一定要再次当上鹿王。

第二次看到小花，是一个月以后，在那片沼泽地。沼泽地占去了这片滩涂东半部绝大部分的空间，那里有大片大片的糙叶苔，那是我们这个季节特别喜欢吃的食物。经过这段时间的调整，我的生活重新变得有规律起来。每天上午，我到芦苇荡吃点芦苇梢或叶子，中午在草滩上散散步，看那些光棍们孤单的身影。下午，就到沼泽地来，糙叶苔大部分都分布在沼泽地周围。趟过或深或浅的水湾时，我必须要小心水下面的淤泥，那些看上去波澜不惊的清澈的水面下面，往往潜伏着危险。当然，我们一般都能够分辨出哪里是硬土哪里是淤泥，我们宽大的蹄掌也能有效地防止我们掉进陷阱。

那天，我不知不觉进入沼泽深处，我没想到会在这里再一次看见小花，她正和其他母鹿在新鹿王的带领下，怡然自得地在沼泽深处觅食。看样子我的确小瞧了这个新鹿王，他敢带领母鹿们到这个鹿迹罕至的沼泽地来，需要很大的勇气和胆识。据此判断，他是一个喜欢冒险的家伙。我不想惊动他，我只想多看一会儿我心爱的小花。我远远地站在沼泽深处。远处夕阳西下，在红彤彤的太阳旁边，是一群安详的麋鹿。这情景一定很美。

我看到新鹿王在靠近一头母鹿，显然他是来了情欲。那头母鹿不理他，跑开了。这是她已经怀孕的表现。鹿王走向小花，他伸长了鼻子，触到了小花的屁股。我看到小花浑身哆嗦了一下，她一定是没有得到过新鹿王的宠幸，不然不会有这样的反应。她好像往我这边看了一眼，然后痛苦地闭上了眼睛。鹿王跃上她的身体，我眼前一黑，脚下滑了一下，打了个趔趄，身体向沼泽倾斜下去。不好！我的一只前蹄陷进了淤泥，我奋力一跃，反而越陷越深。一阵恐惧向我袭来，我不能陷进去！我不能死在这个鬼地方，我还要当鹿王呢！

眼看着前蹄越陷越深，我不知道该如何挣扎。忽然，我看见小花向我狂奔而来，她不顾新鹿王的低声哀鸣，奋不顾身地跑到我的面前，朝天嗷嗷哀鸣两声，跑到我的身后，用力咬住我的尾巴，使劲往后拉。我不知哪里来的力气，后蹄用力前蹬，脱险了！我松了口气，回头看看气喘吁吁的小花，她深情地看着我，眼里流出了泪水。

小花的行为激怒了新鹿王，他抬头向天咆哮，母鹿们纷纷退到他的身后。而小花却并不害怕，她伸过来颀长俊美的脖子，和我纠缠在一起，我听见她在低吟：我很想你。听到她的话，我流泪了。我对她说，我会回来的，你等着我！你等着我！

此时，面对我和小花的胆大妄为，新鹿王显然已经是忍无可忍，他怒气冲冲地向我们跑来。因为沼泽地的湿滑，他不得不小心翼翼地奔跑，虽然他很愤怒。他在沼泽地里跳跃的样子很滑稽，看到他愤怒慌张我很高兴，显示我风度的时候到了。我微笑着等他靠近。我用眼睛的余光，观察到小花看我时那钦慕的眼神。我很得意。

但新鹿王并没有理我，他只看了我一眼，就把目光转向了小花。这个家伙对我不予理睬，他不接受我的挑战。这是对我的蔑视。我甩甩头，企图引起他的注意。可他只是一动不动目不转睛地盯着小花，直到小花不敢和他对视，低下了头。这个家伙用这种方法成功地化解了我对他的羞辱，他用这样的姿态向我暗示：这是我们家内部的事情，没你的事！小花被他看得低下了头，我能感觉到她的窘迫。她在无声地向我求救，快救救我，快救救我，我承受不住新鹿王的眼睛！可是，我清楚地意识到，如果我站出来，那就意味着向鹿王宣战，和他决斗。但我还没有做好充分准备，这样只会毁掉我的复仇计划。我不能因小不忍而乱了大谋。

鹿王察觉到自己目光的威力，他进一步对小花动之以情、晓之以理。他以君王威严的口气开口道：小花，其实我早就看出来你对老鹿王旧情未忘，我也一次次容忍了你的三心二意。这次，你公然当着其他母鹿的面违反我们家族的规矩，但我，依然要原谅你。因为你是我们这个家庭里年龄最小的母鹿，而且是为了救自己曾经的心上人。我是一个推行仁政的鹿王，我以理服人、以德服人。现在，我再次向你申明，作为一头母鹿，就要遵守母鹿的规矩，你不能违反鹿群的规则。我希望你能安心回到这个大家族中来，而不是因为一时的冲动而毁掉了自己。

鹿王说完这些话，傲然地转身，离去，连看都没看我一眼。小花被他的话和行动迷惑了，别说是她，就连我听到这样的表白都差点动心。这个家伙，太有才了！看来我的敌人的确非常强大。

鹿王渐渐走远了，小花抬头看了我一眼，无奈地转身，眼含泪水，向着鹿王的方向追去。

我心痛如刀绞。

## 四

我垂头丧气地从沼泽地里回来，我要去找我的军师——老知道分子，我需要他的思考。这个老家伙平时喜欢在草滩上活动，他对食物的要求不高，他过的是一种清心寡欲的导师生活。我去了草滩，却没有看到他。环顾四周，也没有老家伙的影子。我只好回到树林，我需要休息一下。

快到刺槐林的时候，我看到了知道分子，他正在摇头晃脑地和老白谈论着什么。他们的谈话被我沉重的脚步声打断了，老白看到我，说知道分子先生正到处找你呢，我告诉他你一大早就出去了。老知道分子点点头，我等你半天了，因为你的缘故，我和老白也成了朋友，他说他也愿意为你的复辟助一臂之力，我们的力量又强大了。

可敌人的力量也很强大！我有些焦躁地打断了知道分子的话。我把刚才发生的事情跟他们说了一遍。老白神情凝重地说，看来新鹿王的手段非同一般呢，这个家伙大概懂得得道多助失道寡助的道理，这样一来，对你的复辟可大大不利！

我不这样看。老知道分子开始了他的独立思考：如果没有两把刷子，谁也不能轻易就当上鹿王，号令母鹿可不能只凭力气，更重要的是要用脑子。新鹿王对犯错误的母鹿实行仁政，这是他的聪明之处。我们要想办法破坏他的仁政，我来找你就是要告诉你不要遵循常理来争夺王位，要打破规则，才能乱中取胜。

如何才能乱中取胜？知道分子的话激起了我的兴趣，迫不及待地要他往下说。

我的计划是不要等到夏天的群雄大战，要把争夺王位的时间提前。我们麋鹿有个祖辈传下来的规矩，如果其他雄鹿敢和鹿王的母鹿偷情，鹿王不能让母鹿回心转意，那么就要通过和挑战者进行决斗，来决出胜负，要么他死，要么你亡。只要你能成功地获取小花的芳心，鹿王就不得不和你决斗，这就是你成为鹿王的最好机会。这样做的好处是可以避免夏天的群雄大战，你的对手只有新鹿王一个。

老知道分子为他的计划洋洋得意。

这计划的确吸引人，也不是不可以操作。但还需要周密部署，列出具体的步骤来。我问老知道分子是否有详细的计划。

计划很简单，只需要分两步走就可以了。首先，小花对你旧情难忘，这给了你最好的机会。你先和小花偷情，争取她的心。这是关键，只有如此，才能创造和鹿王决斗的条件。第二步，激怒鹿王，和他决斗。这里的关键是在决斗之前，你必须让自己的身体强大起来，确保胜出。目前你的任务是恢复体力，练习自己的角力。

可是这样一来，其他鹿群会不会怀疑这场决斗的正义性？我有些担心。

不会，这是祖上传下来的规矩。再说，决斗本身就没有什么正义非正义之分，自古以来，都是一个理儿，胜者为王，败者为寇。争夺鹿王，就是争夺交配权，争夺交配权就是争夺生存权，争夺繁衍子孙后代的权力是天经地义。这世界，谁强壮谁就是老大，物竞天择，适者生存，谁也无话可说。

老家伙不愧为知道分子，说话一套一套的，冠冕堂皇。我被老知道分子说得心花怒放，心中重新燃起了复仇的希望。

一直没说话的老白开口了，他说我觉得知道分子这番话的关键点有两个，一是争取小花的芳心；二是恢复你的体力。第一点全靠你的努力，第二点我可以帮上那么一点忙，虽说我身体算不上强壮，但作为你的陪练还是可以胜任的。

我被老白的表白感动了，抬抬前蹄，表示感谢。我对他们说，有了你们的支持，我一定会成功的！

老知道分子笑笑，说有信心就好，心有多大舞台就有多大！

我开始猛吃猛喝，增加体重，以利决战。我一有空就练习决斗技巧，和老白比角力。我发觉自己的角硬度越来越不行了，难道是和年岁有关？按照我们麋鹿的寿命来看，我即将进入中年，角质有所下降也属正常。新鹿王正在青壮年时期，我只有等待他纵欲过度消耗了体力，才能发起挑战。因此我需要等待时机。老知道分子没有说明最佳的挑战时间，但合适的时机只有两个，一个是冬至前的秋末，一个是冬至后的初春。因为冬至来临，我们麋鹿就要脱角，旧角脱掉，新角长出。如果把挑战的时机选在秋末，好处是旧角未脱落，坏处是此时新鹿王体力还没有消耗到极致；而如果把时间推到初春，最大的坏处是新角刚刚长出，不利于战斗。我倾向于把挑战的时机选在秋天，这个季节是草滩上最美的季节，水草丰美，晚霞落日，水天一色，美不胜收。如果挑战成功，我带着属于我的母鹿们悠闲地漫步于滩涂草原，和亲爱的小花耳鬓厮磨，唉，想想就觉得那么美！

老白尽心尽力地陪我练习决斗的技巧，这个家伙很够义气，我想好了，等我成功当上鹿王，除了小花，我会让他随意挑选一只母鹿作为他的情人，以此来回报他的付出。至于老知道分子，他愿意找母鹿就找，不愿意就让他颐养天年好了。

夏天很快就要结束了，我们的食物由芒尖苔草、狐尾藻、白英换成了秀竹、稗草、狗尾草。经过一个夏天的休养，我的体质恢复得很好，我必须加紧我的计划，对小花实施最猛烈的进攻。

这期间我有几次看到了小花，别的母鹿肚子都鼓起来了，只有她还是一副瘦弱的样子。她还没有怀孕。我猜想是她一直拒绝和鹿王交配，不然不会到现在还这么美好如初。等秋季结束，如果她还空着肚子，那就意味着她会受到其他母鹿的歧视。即便是现在，她看上去在鹿群里面也不受欢迎，她很孤单，她需要我的抚慰。

我一直在寻找接近她的机会。

新鹿王很善于做母鹿的思想工作，我看到他经常把母鹿召集到一起，像传教士那样给她们布道。他的野心很大，他不但要从身体上占有她们，还要从思想上占有她们。这是无比残酷的统治，要解放这些被蒙蔽的可怜的母鹿们，这是我作为复仇者的任务。可是，那个家伙很懂得攻心策略，他每次布道都说得娓娓动听，他说这个鹿群需要他的领导，这个鹿群离不开他，离开了他这个鹿群就会迷失前进的方向。他警告那些不安分的母鹿，不要妄图出轨偷情，那样只会让自己受到惩罚。每次说这话的时候，他都把目光投向躲在角落里的孤单的小花身上，看样子他一直在防范她。我不得不承认这个家伙的狡猾。如果没有知道分子，依靠我自己蛮打蛮干，肯定不是他的对手。母鹿们肚子里大都已经怀上他的种，她们肯定死心塌地跟着他了。我只有不多的机会，或者说只有一个机会，那就是还在苦苦思念着我的小花。我每天都在寻找机会。

就在我苦苦寻找亲近小花的机会时，一个谣言在各个麋鹿群里流传开来。不知是谁，散布消息说，老鹿王和知道分子、老白三个人形影不离，是在搞同性恋。这个谣言大大败坏了我们三个在麋鹿界的形象，为此，我很苦恼。在麋鹿界，搞同性恋是要受到惩罚的，是莫大的耻辱。我们三个开了个会，商量如何应对这次信任危机。知道分子大概从来没遇到过这么大的挫折，他被谣言击垮了，而老白倒是一副满不在乎的样子。

我劝知道分子打起精神来，越是经受打击的时候越要坚强，不能让敌人笑话。我对他说，我们又没有真搞同性恋，你怕什么？身正不怕影子斜，我们不怕！

老白也在一旁劝说。知道分子不说话，他在沉思。

知道分子被打垮了，我成了挽救这次信任危机的主心骨。我对老白说，当务之急，是追查消息的来源，看是不是新鹿王察觉了我们的计划，想打乱我们的同盟，故意在散布谣言。老白表示同意，他说马上就去打听一下。

我和老知道分子按兵不动，等待老白的消息。

第二天，老白带回来了确切信息：确实是新鹿王散布的谣言，他想让我们三个在麋鹿群失去人心!

我愤怒了。这太不地道了！看这小子表面上人五人六,一副谦谦君子样，可背地里却如此心狠手辣!

此时，老知道分子倒恢复了镇静，他说我们必须保持冷静，不要上了敌人的当。

我冷静下来。知道分子做出两个判断，一是不要让谣言破坏我们的攻守同盟；二是今后注意保持距离，不能让谣言弄假成真，失去了群众基础。

我点头，同意知道分子的判断。

老知道分子很激动，他说，看起来，我们的敌人非常之强大！我们必须小心谨慎，千万不能一着不慎满盘皆输。

我抬抬前蹄，敲敲松软的地面，为知道分子的清醒认识鼓掌。我看到老白有些奇怪地看了我一眼。

谣言事件提醒我，必须加紧对小花的进攻了，不然，越往后拖对我们越不利。

## 五

接近小花的机会终于来了。

那天早上，我和老白比完角力，想去竹林吃点秀竹，补充补充营养。竹林在刺槐林的那一边，要到达那里必须穿过刺槐林，这中间有大约几分钟的路程。这片树林不大，树木也不茂密，在里边跑动不受什么拘束。我一路小跑，惊动了两只正在交欢的野兔。他们动作很麻利，雌兔往地上一趴，雄兔摇几下屁股就完了。大概是受到了一点惊吓，他们看我的眼神都有些诧异，他们肯定很奇怪我为何要只身穿越丛林。按照我们麋鹿的习性，都是习惯在开阔地带活动，喜欢在丛林出没的麋鹿比较少见。

我很绅士地向他们打了个招呼：伙计们好，大清早就出来忙活呢！那只雄兔很懂礼貌，你不也忙着吗？你这是要到哪儿去呢？

去竹林子，找点吃的。我没有停下脚步，继续往前走。

雄兔看样子很好奇，他对母兔说，小丽呀，你在原地等着我，我跟这位大哥去那边竹林看看，顺便给你也找点吃的。

母兔摇摇尾巴，眨眨眼睛，那样子很让我怜爱。

那边没你们吃的，你去干什么？我问追上来的雄兔。

找个理由，出来逛逛。那边竹林我一直没去过，听说有大蛇。他说。

你不好好守在家里，小心你的母兔被别人勾引走了。我提醒他。

没事的，她老实着呢，胆又小，让她待在哪里她就待在哪里。他很有自信。

竹林到了，郁郁葱葱的竹子在微风中飒飒摇摆，我停下脚步，怡然自得地吃起来。那个好奇的家伙，东瞅瞅西望望，找不到什么吃的。唉，我真羡慕你们麋鹿，他对我说，你们可以有那么多母鹿。

我忙着填饱肚子，半天才说，那是鹿王的特权，普通雄鹿也可能打一辈子光棍，还不如你们呢。

哈哈，你这样说是在安慰我，不过我们也算是比上不足比下有余吧。

我建议你赶紧回去，照顾你的小丽。这儿没你要吃的，你看到了。

好的，你不想带我玩儿，那哥们就走了。他跑开了，一会儿气喘吁吁地又跑回来说，那边有几头母鹿，你不去看看？

我顺着他说的方向看去，是新鹿王！这个制造谣言中伤我们的家伙，好长时间没见他了。他旁边站着一排母鹿，都在伸着脖子吃嫩竹子。我在母鹿群中看到了小花，她面容憔悴，身上的毛有些凌乱，看样子这段时间过得很不好。

我静悄悄地在原地卧好，示意好奇的雄兔不要发出任何声响。接近小花的机会来了，我必须抓住。鹿王没有发现我，他和母鹿们在专心致志地吃着竹子。我脑袋高速运转，思考接近小花而不被鹿王发现的办法。思考的结果是，必须把小花引开，不然肯定会被鹿王发现。那么怎么引开呢？我看看那个正好奇地东张西望的家伙，灵机一动，我低声告诉他，帮我一个忙，去把那只母鹿引过来。

哪只？他好奇地问。

我把小花指给她看。

那只，你的老情人？他是真的很好奇，什么都想知道。

我只好默默点头。

那我为什么帮你？ 这个家伙跟我讲条件。

回头成功了，我带你去一个地方，那里有你喜欢吃的东西！

好吧，不过你得告诉我办法啊，我怎么才能把她引过来？

你告诉他，老鹿王在刺槐林里等她，让她偷偷过去。我面授机宜。

你是老鹿王？他的好奇心又来了。

我点头，抬起前蹄，拍拍他的脑袋：全靠你了，伙计。

他表情严肃地抓抓脑袋，放心吧，没有问题！

他过去了，因为个头小，没有引起鹿王的注意。他成功地接近了小花，我看见他对小花说了什么，小花朝我这边看了一眼，露出惊喜的表情来。

我悄悄向刺槐林退去。

几分钟以后，小花成功地来到我身边，我们的脖子紧紧缠绕在一起。小花边哭边说，你想死我了，我每天都在想你，新鹿王欺负我，其他母鹿看不起我，呜呜呜……

我用舌头给小花擦掉眼泪，别哭，别哭，我也想你，每天都想，可是我无法接近你。我正在准备复仇，你受苦的日子快要熬到头了！

是真的吗？你赶快回来吧！呜呜呜，我白天想你，夜里梦到你……我舔了舔她的嘴巴，不让她往下说了。

唉，真让我感动！你们，你们，唉，我都哭了。你们好好叙旧，我去给你们站岗放哨！好奇的家伙用前爪抹着眼角的泪水跑开了。

看到他的样子，我和小花破涕为笑。我耐心地给小花梳理身上的毛，她的毛是棕褐色的，很好看。小花很舒服地闭上了眼睛，浑身战栗着。我看到她屁股后面流出了浓浓的体液，她发情了！我跃上她的身体，小花低声闷吼了一声，打了个趔趄，站住了。我找到了鹿王的感觉，无比凶猛地开始了战斗。

不知过了多长时间，我还在留恋小花的温润。小花羞涩地对我说，你不赶快一点……过一会儿要是让他发现了……

我知道她说的什么意思。

这时，好奇的家伙跑过来，说我看到新鹿王要离开了，你们……

小花还在娇喘，她艰难地站起来，含情脉脉地看了我一眼。我点点头，舔了舔她的脸。她一路碎步跑回去了。

我恋恋不舍地看着她在丛林中一点点消失的身影。

好奇的家伙在我身后说，你们刚才动静真大，吓死个人！他用前爪捂住胸口，装出心跳加速的样子。

我笑笑，走，带你去一个你喜欢的地方。

他兴奋地撒开爪子，边跑边说，我能不能带上我的小丽？

我大声说，可以，你想带谁就带谁!

## 六

秋天到了，天空显得无比高远、清澈。草滩上不知什么时候树立起来了两个巨大的风车，不消说，这是强大的人类所为。秋风阵阵，风车发出呼噜噜的响声，几只孤单的光棍目不转睛地盯着风车，以此打发百无聊赖的日子。而我，自从和小花成功交配以后，一直处于高度兴奋之中。我们的计划已经成功地实施了第一步。不过，说心里话，我并不愿意让小花成为这次决斗的工具，我是真心喜欢她。可是，如果不这样，我就无法向鹿王宣战。只好委屈你了，我亲爱的小花。

从那天的惊心动魄到现在，我一直没有见过小花。我猜想新鹿王已经带着他的母鹿们开辟了新的领地，但我知道他会来找我的，等小花的肚子明显大起来的时候，他自然会来找我决斗。

知道分子和老白加紧了对我的训练。他俩都无比兴奋，多少年了，草滩上很久都没有发生过这样的决斗了。按照知道分子的说法，这就是他毕生都在研究的“交配动力学”的实践证明。这就是交配的力量，就像每年都会有成群结队的雄鹿撞破围栏，逃往外面的草滩，去寻找交配对象一样。不过，这些家伙多半会原路返回，因为那里也没有足够可供交配的母鹿。

这是改变历史的力量！知道分子对我和老白说，自古以来，我们麋鹿就是靠着这样的力量繁衍生息，我们为什么每年都要进行新鹿王竞选大战？就是因为我们要保证后代品种的优良。所有的雄鹿都必须认识到这一重要意义，这是大自然的适者生存法则。这就是我为什么一生与鹿王无缘，却毫无怨言的根本原因。因为我是知道分子，我知道要保持麋鹿品种优良就必须有一部分麋鹿做出牺牲。

那你为何要帮我推翻新鹿王？他是通过竞选出来的，对麋鹿实行的又是仁政，按理说我们不应该推翻他。我故意给知道分子出了一道难题。

是啊是啊，你这是心口不一啊。老白跟着瞎起哄。

呵呵，我之所以愿意帮你当上鹿王，正是遵循了我的原则。帮助一切优秀的、有志气、有力量的雄鹿成为我们麋鹿的领导者，这是我作为知道分子的职责所在。不错，新鹿王才刚刚产生，但一切麋鹿都要接受适者生存规则。无论是谁，都要随时接受挑战，否则，他就不配当鹿王。知道分子目视远方，一副重任在肩舍我其谁的悲壮模样。

我们准备战斗吧，也许鹿王很快就要给我们下挑战书了。老白抖抖身子说。

是啊，战斗就要来了！我拉开架势，准备和老白练习角力。不知道是不是冬天越来越近的缘故，我感觉自己的角质越来越疏松了，这样下去，对我十分不利。不过，在冬至，新鹿王同样也面临着脱角的问题。所以，我估计，他不会把决斗拖得太久。

我一天天地等待着新鹿王的到来。可是，树叶变得越来越黄了，河水变得越来越凉了，他还没有什么动静。时间越靠近冬至，我就越是担心，因为我感觉我的角已经开始松动，用不了多久，它就会陆续脱落。新鹿王不会把决斗选在脱角的时候吧？那样的话，对他自己也不利。我一遍遍安慰自己。

知道分子和老白每天都来看我一次，他们也到处打听新鹿王的踪迹。随着冬至的来临，他俩也越来越担心。莫非新鹿王放弃了决斗？或者他没有发现小花的偷情出轨？还有一个可能，是他想把决斗时间推到冬至以后的初春？那时候新角长出，更有利于他的决斗？我们做着种种猜测，唯独没有想到新鹿王会把决斗选在冬至，因为谁都知道，如果在这个时间决斗，只会让双方两败俱伤，我们的脑袋一定会被对方撞得血肉模糊。

如果他选择脱角的时候决斗，他就是想用这个残酷场面吓退你的进攻！老知道分子又做起了独立思考，估计他不会做出这样的选择，那样的话，对你们都不利，如果因为决斗坏了角根，那就会彻底把新角废掉。

可是，我们发现自己错了。冬至这一天，我的角刚刚开始脱落，新鹿王就来了。

那天早晨，落了一场稀稀拉拉的小雨，滩涂又添了一份寒意。我躺在光秃秃的刺槐林里，看天色由暗变明，渐渐晴朗。我知道这场雨过后，草滩上又会起一场大火，烧掉败草枯木，到时候这片刺槐林根部又会受到灼伤，不过对它们来说，这并不可怕，这恰恰可以为它们提供给养。看着太阳渐渐升高，我的心情也慢慢放松下来。看来，新鹿王是想把决斗放在初春了，今天是冬至，他不会来了。

太阳照在身上，暖融融的，我竟然有些发困了。知道分子和老白还要晚一些时候过来，趁着他们没来，我想再睡一会儿。

就在我迷迷糊糊要进入睡眠状态时，我看见了远处跑动着一个身影，她的样子显得很笨拙，边跑边东张西望，在寻找着什么。她嘴里发出嗷嗷呼唤的声音，越来越近。是小花！我揉揉惺忪的眼睛，一下子站了起来。不错，是她！她肚子很大，已经怀上了小鹿。这么长时间没有见到她，我都快认不出来了。

我向她奔去。

小花听到我的蹄声，转身向我，脸上露出了迷人的微笑。哦，小花，哦，小花。我一口气跑到她面前，她一头扎过来，呜呜呜哭起来。边哭边说，他就要来了，他来找你了，来找你决斗了，他选择在这个时候进行决斗，是想置你于死地！你要小心啊。

我点点头。

小花哭红了眼睛，抬起头，说你走吧，不要和他决斗了，反正我肚子里是你的孩子，他不会拿我怎么样！

不！这不是老鹿王的风格！我早就盼望着这一天了，我要和他决斗，要把你们夺回来！我恶狠狠地说，牙齿咬得咯嘣咯嘣响。

那你千万要小心啊。小花抚摸着我光秃秃的脑袋，你的角已经脱光了，他的角还有一些，这样的话，你会十分危险的！

我不怕，我就是用头也能抵断他的角！在小花面前，我大义凛然豪情万丈。

小花摩挲着我长长的脖子，眼含泪水。

头顶飘过来一块乌云，遮住了温暖的太阳光。

一阵蹄声由远及近，我以为是新鹿王来了。推开小花，让她远远地站在一边。我迎风而立，准备战斗。

来者不是新鹿王，是老白和知道分子。他俩跑得气喘吁吁，看样子也已经知道即将决斗的消息了。老白说，新鹿王刚刚到处宣布，为了惩治偷情者，他已经准备好了战斗。他就要来了！这个喜欢冒险的家伙，竟然把时间选在这个时候！这是要你老鹿王的命啊！

我笑笑，看看头顶上那片乌云，来吧，是乌云总要下雨！

老知道分子来回踱步，嘴里念念有词：这，这太突然了，太突然了，新鹿王偏偏在此时宣战，对我们极为不利。他选择了我们最不可能想到的时间，真是处心积虑啊。现在，我们先分析一下战术。他头上仍然还有未脱完的旧角，尽管已经松动，但还有威力，你要先消耗对方体力。老知道分子对我说道，要尽量避免和他正面顶撞，你的头可能不敌他的角，但可以以虚打实，攻击他的侧脸，争取在消耗战中一举成功。

我点点头。老知道分子分析得没错，是不能和新鹿王硬顶，我只能以智取胜。

新鹿王来了。他带着所有的母鹿飞奔而来，她们都已经大了肚子。同他一起来的还有几个光棍，他们是来看热闹的。滩涂上好长时间没有热闹可看了，他们是不会放过娱乐的机会的。

我凛然而立。我的身后是小花、老白和知道分子。

新鹿王呼啸着在离我不远处站定，他的身后是一群母鹿。

和他的队伍比，我的队伍有些孤单。但这是决斗，不是群殴。来看热闹的鹿群越聚越多，这阵势丝毫不亚于每年夏天的群雄大战。此时乌云散尽，天气晴朗。决斗场上静悄悄的，大家保持着安静，连喘气都是小心翼翼的。

我看到新鹿王头上的角也已经开始脱落了，但还没有脱完，还有一些角碴子。按理说脱角的时期不能战斗，损坏了角根，新角将无法重新长出。他目不转睛地盯着我，看样子，他是想把我的角彻底废掉。

我们俩开始转圈。

群鹿保持安静。

我们都在寻找最好的进攻时机和角度。我们紧紧盯着对方的眼睛，不放过任何进攻机会。按照老知道分子的作战方案，我不能先发制人，我要先消耗掉他的体力。我等待着他的进攻。

一圈。两圈。三圈。

他还在转圈。看来他也有些心虚，不敢轻易发动进攻。我耐心等待。这时候谁先乱了方寸，谁就会失败。

他终于不耐烦了，低吟了一声，后蹄蹬地，前蹄腾空，一头向我顶来。他来势凶猛，裹着呼呼的风声准确地抵向我的脑袋。说时迟，那时快，我头迅速一偏，他一角落空，打了个趔趄，然后调转身体，又一头顶来。鹿群中发出一声惊呼，他的动作够快，我想闪开已经来不及了，情急之下，我向前一跃，越过他的头顶，翻到他后面。他的动作用力过猛，头撞向草滩。老白发出一声好。我成功地躲过了新鹿王的两次进攻。

两次进攻落空，新鹿王有点恼羞成怒了。他重新调整好姿势，反扑过来。这次他没有那么凌厉，但力道凶狠。这家伙仗着他头上的旧角，屡屡向我发起攻势。围观的鹿群大概都看出了我们力量的悬殊，都屏住呼吸。我偷偷看了一眼小花，她站在老知道分子的身后，正提心吊胆地看着我。我长吁一口气，准备反攻了。

当新鹿王再次向我扑来，我没有躲闪，而是故意闪出一个破绽，抬高了我的脑袋。他上当了，腾空向我扑了过来。我脑袋迅速下沉，直抵他的脖子。我听到砰然一声响，我命中他了，他应声倒地，脖子上留下了一道鲜红的血痕。因为我的角太软，这一招没有给他致命的打击。他很快就站了起来，抖抖身子，再次向我扑来。在敌我力量悬殊的情况下，我只能避重就轻。我还想采用迷惑对方的战术，脑袋往后缩，想躲过他的一角后直接进攻他的侧脸。可是，他的力量太大了，这个家伙在半年的纵欲生涯里竟然还保持了如此的矫健，这是出乎我的意料之外的。我的脸被划了一下，渗出了血痕。地面太滑了，受到这重重的一击后，我站立不稳，向后挫了下去。新鹿王利用这短暂的时机，又一头撞向我的胸部，我无法躲开这迅猛的一击，只好抬起前蹄，缓和一下对方进攻的力量。可是，我还是被击中了，我感觉胸口一阵剧痛，一股甜腥的东西从嘴角流出。我吐血了。小花向我扑过来，用舌头舔舐我的伤口，呜呜大哭。

我没能站起来。

我失败了。

新鹿王嗷嗷叫着欢呼他的胜利。他围着决斗场转了一圈，带走了呜呜痛哭的小花。

我心如刀割。

我再次失败了。我没能当上鹿王。我没能夺回我的小花。我没能夺回曾经属于我的母鹿。我在群鹿面前失去了颜面。我将再次作为一个失败者被他们所嘲笑。

我掩面痛哭。

老知道分子走过来，他抚摸着我光秃秃的脑袋，低声说你没有失败，你的角还好好的，只要没有让角受伤就还有机会。

老白也安慰我说，你没有失败，如果不是在这个时机决斗，你绝不会失败的。即使你现在失败了，你还是我们心中的老鹿王。

我仰天长叹，难道我只能成为没有母鹿的鹿王吗？

我让知道分子和老白走开，我想一个人安静一会儿。我环顾四周，偌大的草滩上只剩下我一个，头顶上又飘来了乌云。就在我抬头看天的时候，下雨了。雨点由小到大，落在我的脸上，冬天的雨水很凉，这是老天爷的眼泪吗？他要用雨水冲刷掉所有的血痕和伤口吗？我低下头，这真像一场梦啊。

## 七

我不知道在原地卧了多久，直到天渐渐黑了下来，肚子饿得咕咕直叫，我才意识到我差不多有一整天没有吃东西了。我忍着疼痛试着站起来，我看见老白嘴里衔着雀麦向我跑来。他给我带来了我冬天最喜欢吃的食物。他说，伙计，我知道你还喜欢吃野胡萝卜，可是我挖了半天，也没挖出个子丑寅卯来，你先吃这个吧。

老白对我的照顾让我很感动。我不知道自己会不会在夏天的群雄大战中胜出，我知道希望渺茫。我对老白说，伙计，我希望你能参加明年夏天的群雄大战，角逐新鹿王，如果我不行了，你还有很大的希望！

老白想了半天，说这些日子给你当陪练，我的体质的确有了很大增强，但角逐鹿王我还没有想过。我能行吗？

能！我斩钉截铁地说。

那我们共同努力，一起奋战群雄大战！老白激动地表态。

剩下的日子，我和老白默默练习角力，在等待中盼望着长出新角，参加角逐鹿王的战斗。老知道分子时常来给我们分析天下大势和群雄状况，他说他要在理论上把我和老白全副武装起来。

在不知不觉中，春天来了。草滩上的春草萌发出层层绿意，各种不知名的野花纷纷绽放，到处都是生机盎然。滩涂上的土层变得异常松软，踩上去很舒服。一场潇潇洒洒的春雨过后，一切都鲜艳明亮起来。

春天，意味着我们又有了足够新鲜的食物，也意味着我们有了新的希望。进入春天，母鹿们在鹿王的带领下纷纷出来漫步，她们的肚子圆鼓鼓的，走起路来小心翼翼。进入四月份，她们就开始陆续产仔了。母鹿产仔的时候十分危险，当然大部分母鹿都会平安无事，但有的碰上小鹿后腿先出来时，那就不好说了，母子平安的概率很小。我在草原上看到过许多次母鹿产仔的情形，要产仔的时候母鹿会离开鹿群，找一个开阔安静的地方，不停地跑动，以此增加小鹿降生的速度。母鹿是伟大的，每一次产仔都意味着要经受一次生死考验。我一直担心我的小花，她怀孕的时间最晚，估计预产期要等到夏天。在春风沉醉的日子里，我很想念她，一直在想办法见她一面，可是新鹿王把她看管得很严，我无法接近她。

开春以来，我加紧了训练，我和老白每天的头等任务就是练习角力。我的新角已经长出，老知道分子说得对，只要有角在，就有希望。小花是我最大的希望，是我角逐鹿王的最大动力。我已经让她失望了一次，不能再让她失望了。日子一天天过去，离群雄大战的日子越来越近，我和老白的角力和信心在一点点增强。

一场透地的大雨过后，夏天就到了。草滩上忽然间多了许多小家伙，他们到处跑动。对于刚出生的他们来说，草滩上的一切都是新鲜的。他们常常会跑出母鹿的视线，玩够了再跑回来。在草滩上，他们不会有迷路的危险，这儿是我们的天下，草滩上到处都是孤单的雄鹿，只要他肯张口，谁都乐意把他送回家。虽然他是鹿王的崽子，但所有的麋鹿都把小家伙看作自己的未来。

在这种祥和的氛围中，所有的成年雄鹿都在默默准备着新鹿王的角逐。随着那天的临近，草滩上渐渐有了沙场的火药味儿。我和老白停止训练，开始短暂地休整。我们静卧在刺槐树下，贪婪地闻着随风飘来的母鹿身上的气息。她们产仔以后，又陆续进入了发情期。这种甜腻腥臊的气味让即将开战的雄鹿们蠢蠢欲动。

一头老年雄鹿在草滩上飞奔，传递着明天开战的信息。这一夜，对于所有参战的雄鹿来说都是一个难忘之夜。我和老白暂时分开了，我们需要独自安静地等待。这是一个月朗星稀的夜晚，我习惯性地抬头看天，一轮崭新的明月灯笼一样悬挂在头顶的夜空，又一个月圆之夜！这月光的昏黄多像战场卷起的沙尘。我进入一种浑浑噩噩的状态当中，思绪飞向遥远的天际。

在一阵疾驰的蹄声中我睁开惺忪的眼睛，天亮了，争夺鹿王的所有雄鹿都集中在前方的开阔地带。他们的角上有的缠着草叶，有的抹着泥巴，一个个尽显自己的彪悍与勇猛。我站起来，看到不远处站着一排观战的母鹿，我急切地在她们中寻找小花的影子。没有她，我找了两遍，都没有看到她。难道是她对我失望了？或者她出了什么事？我做着各种各样的猜测。群雄已经开始自由组合了，我没有考虑的时间了。老白和知道分子在向我示意，赶快加入到队伍中来。我抖擞精神，为了小花，我要战斗！

战斗开始，和我对决第一回合的是一头刚刚成熟的雄鹿，这个家伙没有什么作战经验，只知道蛮打莽撞，赢他应该是不在话下的。我们开始拼角力，这小子劲大，我不得不不停地调整位置，寻找进攻的最佳角度。对方仗着年轻，一再压制我的角，我们进入胶着的状态中。其他组合的雄鹿差不多都见了分晓，我看到老白已经胜出，正等待和第一回合其他胜出者进行第二回合的战斗。大家都在观战，我想赶快结束第一回合的战斗，开始向对手发力。他开始露出破绽，我的角脱开了他的缠绕，抬起头来，想发起最后的进攻。可就在这时，我看到了远处有一头母鹿正在拼命奔跑，她的屁股后面粘连着一头正在降生的小鹿，那是小花！她难产了！我放弃了进攻，向小花跑去。群鹿发出一声惊呼。

我以每分钟一百八十迈的速度跑到了小花面前，小家伙的两条后腿已经出来了，可小花此时已经没力气了，她第一次生产就遇到了难产。她一脸哀怨地望着我，颤抖着声音说：我不行了，我不行了，我实在是没有力气了！

我不知道如何帮助她，我含泪呼喊：坚持住，小花，坚持住，小花，你就要成功了！小花的确没有力气了，她在慢慢倒下。情急之中，我一口衔住正在四处乱蹬的小鹿的后腿。在我的帮助下，小鹿生出来了，小花痛苦地闭上了眼睛，豆大的汗珠从额头上滚落下来。

## 八

小花死了。

此时整个草滩重新恢复了平静，群雄大战也结束了。老白在这场战斗中败北。我的敌人也没能再次成为新鹿王。另一头更加年轻强壮的雄鹿胜出，成为今年的鹿王。

# 狗命

——动物叙事之二

造物主创造了人，看到人类如此孤独，于是又创造了狗。

——题记

## 一

我是一条流浪在城市的狗。

现在，我正准备横穿一个繁忙的十字路口。我眼睛紧紧盯住前方不远处的红绿灯，静静等待着通过马路的信号。说实话，我根本分不清红绿灯的颜色，在我们眼里，红色就是黑色，绿色就是白色，所以，在狗的世界里，绝少花花绿绿，只有黑白分明。至于人类所奉行的“红灯停，绿灯行，黄灯亮了等一等”的交通故则，对于我们而言，真是毫无意义。每次过马路，我都是凭借我的直觉，跟在同样要穿过马路的人类的屁股后面，颠儿颠儿地快速跑过去。在城市里待了这么久，我早已经习惯了以这样的方式过马路。实践证明，这个方法是最安全的。我在过马路时学会了一个原则，就是必须快跑，我不想被那些不长眼的汽车碾得粉身碎骨。就在昨天，我亲眼看见了一场灾难：一条和我一样无家可归的流浪狗在穿过马路时被一辆疾驰的小轿车碾住了后腿，他痛得发出了一声无比尖厉的惨叫。还没等他叫出第二声，一辆大卡车又碾过了他的整个身躯。车子开过以后，他就变成了一张血淋淋的肉饼，这太暴力了。一想起这个惨剧我就胆战心惊，浑身哆嗦。说不定哪天我也会丧命于那些疾驰的车轮之下。城市里的车太多了。

城市太闹。

从来到城市的第一天起，我的耳朵里就塞满了各种各样的喧闹：大小汽车的喇叭声，各种小贩的吆喝声，袒胸露背的男人的争吵声，妖艳妩媚的女人的呻吟声，莫名其妙的啼哭声……这世界像是要爆炸了！

噪音是这个城市无法治愈的毒瘤。可恶的是，这毒瘤像是长在了我的身上，时时让我有一种焦躁的情绪，一焦躁我就有想撒尿的冲动。十字路口的对面是一个小花坛，那儿有一片茂密的小树林，树林里有一棵很繁盛的白玉兰，我喜欢在那里撒尿。在那棵白玉兰下，我翘起左腿，一泡酣畅淋漓的尿液喷洒而出。撒尿的时候，我的眼前又浮现出被车轮碾死的那条狗的惨状。她是一条怀孕的母狗，经常在这个街区活动。她被碾死的当天，我在一个垃圾桶前看见过她，那时她正在拼命地吞食一块大骨头，样子很是贪婪，这种贪婪是怀孕期的母狗所特有的——她太需要营养了。她吃得忘乎所以，不时摇动着漂亮的小尾巴，我看到了她毛茸茸的屁股。我承认，我那时有过很不要脸的想法，没办法，她的屁股真是太美了。我不能自已地一点点凑过去，我当时其实并没有什么恶意，只是想闻闻她的味道。我已经一岁了，这个年龄对于狗而言，已经到了性成熟的时候，对母狗的气味是非常敏感的。

她很机警，没等我靠近就迅速地叼起还没啃完的骨头，对我怒目而视，嘴里发出虚张声势的低吼声。我因此更加确信了自己的判断：她是一条怀孕的母狗，怀孕的母狗最凶。好吧，我放弃，我友好地向她摇摇尾巴。可她并不领情，掉头就跑，根本没看到那辆疾驰而来的小轿车。

我有罪。是我害死了她。

我是一条有罪的流浪狗。

我在这座喧闹的城市里流浪，更加怀念乡下的生活。如果不是想找到我的主人，我早就尝试着自个儿回乡下了。可我必须找到他，那个进城打工的小伙子。忠诚是我们的美德，尤其是我的美德。我相信自己一定会找到那个穿着红衬衫黑裤子白球鞋的乡下男孩。

我们是在城市广场走散的。当时广场上的人很多，到处都是进城打工的乡下人，汗臭味连成一片，他们中的绝大多数人还没有找到工作，只好在广场上游荡，寻求糊口赚钱的饭碗。我的主人还算幸运，我们刚刚来到这个城市才两天，他就在一个建筑工地找到了工作，他光荣地加入了给城市盖大楼的建筑工人行列。那是几幢很高很高的楼，据说是要盖 88 层，是这个城市有头有脸的人居住的地方，他们喜欢在这个城市的最高处，站得高才能看得远，高高在上，直入云端。那个工地的老板不允许工人养狗，工人们把我看作是一条恶狗。我的样子看上去是有些吓人，虽然我才一岁，但长得高高大大，血统很纯正，样子有些像牧羊犬。他们以为我会伤人，其实我很老实。我一贯奉行“人不犯我，我不犯人”的处世原则。可他们非要逼我的主人把我赶走，他们威胁主人说：再不让这条恶狗滚蛋，我们就砸烂它的狗头，炖狗肉下酒！主人没办法，只好三番两次赶我走。可我知道回工地的路，主人赶我一次我就回去一次。这样折腾了大半个月，主人烦了，红着眼睛举起了一根钢筋棍，大声朝我吼：赶快离开这里！再不走，砸断你的腿！可我做不到，我不想离开主人，也不想成为一条流浪狗。于是主人就用布蒙上我的眼睛，把我带到了那个广场。我现在终于知道他是处心积虑地故意要和我走散的，他没有钱送我回乡下，不到月底工头是不会发给他一分钱工资的。我现在觉得自己当初太莽撞了。如果我不自作主张一意孤行地跟着主人来这个城市，如果我不偷偷躲在主人乘坐的那辆大卡车的车厢里，就不会出现现在这样的结果了。

可是，我舍不得离开主人。在我很小的时候，主人就把我从妈妈怀里抱回了家。刚到主人家的时候，我不停地叫唤，我害怕周围陌生的一切，我想念我的妈妈，我的兄弟姐妹，我想念和他们争抢着在妈妈怀中吃奶的日子。主人很理解我的心情，不停地抚摸我的脑袋，慢慢地，我不害怕了。我知道主人喜欢我，他给我最好的食物，四处搜寻骨头给我啃。白天，我像一个跟屁虫一样跟着他，很快乐地和他嬉闹。到了夜晚，主人将我关在临时搭建的小窝里。一开始我很害怕，不停地挠主人的门，不停地叫唤，恳求他让我进屋，和他待在一起。他终于耐不住我的哀求，不顾老主人的呵斥，把我抱进他的被窝。我安静下来。第一次睡在主人的身旁我很兴奋，被窝里很温暖，我一会儿挠挠主人的肚皮，一会儿抓抓他的脸，闹得他睡不着，抬手轻轻打我的脑袋。等闹得筋疲力尽，我就昏昏睡去。半夜主人被尿憋醒，起来撒尿吵醒我。那年主人刚满十七岁，没考上高中。第二年，就进城打工了。

## 二

我必须警惕城里人。

这个城市里的人最喜欢吃狗肉，他们发明了各种各样的吃法。他们说我们全身都是宝：我们的肉有安五脏、暖腰膝、补虚劳、益气力的功效；我们的骨头可以健脾活血生肌；我们的胆能够清肝明目、止血消肿；我们的肾可以治肾虚。现在的城里人也不知道都咋了，男的普遍肾虚，女的普遍肾亏。在无节制的纵欲过程中，人类的肾功能大大衰竭了。不但如此，男人阳痿的越来越多，女人阴痿的数量也呈逐年增长之势，于是人类就打起了我们的主意，盯住了我们的宝贝。在城里行走时，我每时每刻都处于高度紧张的状态中，我使劲夹住我的物件，不让捕狗者看到它。

我和第一条母狗交配是在跟主人进城之前半个月。她的名字叫小青，有一身黑白相间油光光的毛发，我早就暗恋她了。事实上我们可以说是青梅竹马，只要小主人不在家，我就想方设法去见小青。她那时还很小，和我交配的时候还不到一岁呢。她是一条早熟的小母狗。

那天傍晚，夕阳西沉，我看见她在村头的麦场上焦躁不安地游逛，老远我就闻到了她身上散发出来的腥臊气味。她想交配了。她的耳朵无精打采地耷拉着，尾巴高高翘向天空。平时她可不是这样，她喜欢夹紧尾巴走路。但现在她翘起了尾巴！我充满怜爱地一点一点靠近她，她静静地站在那里，一动不动。她知道我在靠近，察觉到我的企图，有点儿紧张，尾巴慢慢放下来，紧紧夹住那散发着美好气味的屁股。但她没有立即跑开，这是一个信号。我用鼻子碰碰她的屁股，她更紧张了。尾巴更紧地夹起来，嘴里发出呜呜呜的声音，她在恳求我不要碰她。我浑身血脉贲张，按捺不住地伸出了舌头，舔了舔她的脸，我的舌头舔过她的嘴巴，碰到她的鼻尖和眼睛，她浑身放松下来，尾巴慢慢重新放开。第一次偷情，我心里紧张得要命，四下里看看，没有一条狗，也没有一个人。天渐渐黑下来，我必须马上采取行动，得到她，征服她。小青胆子小，再过一会儿她就要着急回家了，她不敢背着主人在外面待得太久。我鼓起勇气，舔了舔小青的屁股。小青发出了沉闷的低吼，她浑身发抖，把羞红的脸转向我，眼睛里充满了恳求与期待。我鼓起勇气纵身一跃，小青没有力气承受我的身子，往下一趴，我扑空了。我喉咙发干，呼哧呼哧喘着粗气。小青害怕了，想放弃，用眼睛哀求我。我顾不上小青的哀求，再次跃起来，小青发出嗞嗞的叫声，后腿打了一个趔趄，站住了。

我无法描述那种感受，我痛恨自己语言的贫乏。那真是太美妙了，比世界上最好吃的骨头味道不知道美妙多少倍。

不知道是不是因为小青年纪小的缘故，我们的屁股粘连在一起，怎么也分不开了。我们在麦场上不停地转圈，身体向相反的方向使劲挣脱，仍然无济于事。小青把我的宝物牢牢吸住了。眼看天色已晚，我已经听到了小主人的呼唤，小青也着急起来，已经很晚了，她不能再等了。我们又做了一次努力，谢天谢地，终于分开了。

我怀念我的小青。我不知道她现在怎么样了，我离开村庄的时候甚至没有和她打一声招呼，她一定不知道我去了哪里。我想念她。我真想现在就回到那个安静的小村庄，说不定小青已经怀上了我的孩子。

和小青比，城里的那个贝贝就差多了，她太让我伤心太让我失望了，我把一切都给了她，可她却离开我投入了另一条公狗的怀抱。

贝贝也是一条流浪狗。和我一样，在这个城市无家可归。她是被一个女人遗弃的，那个漂亮的女人要跟她的新情人一起搬到另一个城市去，那个细皮嫩肉的男人讨厌贝贝。其实贝贝长得很洋气，白色的卷毛，饱满的大屁股，俊俏的小耳朵，挺拔的鼻子，潮湿的小嘴巴，就是腿稍微有些短，不够高大，跑起来一颠一颠的。男人不准女人带贝贝走，女人很听男人的话，狠心把她丢到了垃圾堆。我就是在那里碰到她的。她那时很可怜，已经饿得头晕眼花了。垃圾堆里到处都是吃的，可她吃不惯，她说自己平时吃的都是煎鸡蛋、香肠之类的高级营养品，喝特制的牛奶，从来没有吃过垃圾堆里的食品。我看她饿得实在可怜，就把昨天埋在垃圾堆里的一块大骨头叼给了她。她很喜欢吃骨头，呱唧呱唧吃起来。她吃完了看着我，眼泪在眼眶里打转。我知道她还没有吃饱，就又把前天埋起来的半截香肠给了她。她一看见香肠就流出半尺长的口水，这大大改变了她在我心目中的淑女形象。但那是她最喜欢吃的东西，我可以理解。半截香肠下肚，她终于吃饱了，向我示好。我们就这样成了朋友。也许你可以想象得出，一条公狗和一条母狗成了朋友，结果只能有一个，我们很自然地交配了。她很熟练，一点儿都不羞涩，不停地在我面前摇动她的屁股。不知道为什么，和贝贝交配时我总是想起小青来。但我不得不承认贝贝很有魅力，她让我很舒畅。那感觉像是在马路上憋了好长好长时间的尿，突然看到了一根电线杆痛痛快快地一口气撒出来一样。

我和贝贝从此形影不离，开始了一段在城里流浪的幸福生活。

贝贝说女主人还喜欢带着她逛街，女主人有一双细长的腿，喜欢穿黑丝袜和很高的高跟鞋，走起路来啪嗒啪嗒响。贝贝知道的东西很多，我从来都没有听说过的事情她都知道。她还喜欢看电视，能从电视上认出韩国的明星裴勇俊、日本的艳后和美国的黑手党。天哪，贝贝简直是个“全球通”！

我告诉贝贝，我留在城里最大的原因是想找到我的主人，他长得瘦瘦的，黑黑的，穿着一件红色衬衫，一双白色的球鞋，他就在这个城市的某个工地上打工。

贝贝眨眨那双好看的大眼睛说，这个城市的工地太多了，你说的是哪个工地?

我摇摇头。我不知道，他把我丢弃的时候蒙住了我的眼睛，在城市里绕了不知道多少圈，把我转晕了，根本分不清东西南北。

贝贝吹着狗哨嘲笑我，你连我们的看家本领都丢了！真羞！

我朝她挥挥前爪，威胁她少跟我开玩笑。

贝贝不怕我，仍旧在那里手舞足蹈。

我拿她没办法，城里狗就是比乡下狗胆大，也机灵得多。贝贝答应和我一起寻找主人，她提出一个要求：作为我的法定情人，你要保证我每天都能吃到一块骨头，我有每天用骨头磨牙的习惯，离不开这个东西。

城里的人喜欢吃肉，骨头扔得到处都是。自从来到城市，我几乎每天都能吃到骨头，所以我的身体发胖得很厉害，用人类的话说，就是超重。好在我每天都在奔跑，身上多余的脂肪都转换成了结实的肌肉。贝贝这个要求不算太苛刻。我答应了她。

不妙的是，我突然间发现骨头变得稀少起来，今天我几乎翻遍了附近所有的垃圾桶，没有发现一块骨头。贝贝告诉我，她从广场大屏幕上听说城里正在流行一场瘟疫，这场瘟疫能在所有有蹄子的动物身上传播，所以城里人不敢吃肉了。他们不吃肉，自然就没有了骨头。贝贝已经连续五天没有吃到哪怕一块骨头了，没有了骨头，她就变得浑身无力，每天都是无精打采的。我很愧疚，下决心一定要给她找一些骨头回来。为了弄到骨头，我打算铤而走险，深入居民区去看看。

我让贝贝在花坛边等我，然后迅速向附近一个居民小区跑去。长时间对骨头的渴望，让我的嗅觉变得异常灵敏起来。我闻到了肉香，那诱人的味道在这个小区的某个窗口飘荡、盘旋。经验告诉我，那家人正在吃肉，今天他家的垃圾里面肯定会有骨头。现在是中午吃饭时间，我能听到每家每户嘴巴咀嚼食物的声音，那声音像是在演奏一曲美妙的交响乐，如此动听悦耳。我躲在暗处，眼睛紧紧盯着小区里的垃圾桶，每当有人倒进去垃圾，我都会上去看看有没有骨头。不知道过去了多长时间，仍然没有等到一块骨头，我很着急，心里琢磨贝贝一定是饿坏了。我暗暗下决心再等一会儿，如果还不见有人出来倒垃圾，我就转移战场，到另一个小区去看看。就在我要放弃的时候，一个秃顶的中年男人推着自行车走向了垃圾桶，他手里提着一个纸袋子，那里面有骨头！我闻到了肉香！等他一离开，我就扑倒了垃圾桶，他们家今天吃鸡，骨头不多，我猜他们大概也是很久没有吃肉了，连骨头都不吐。我翻腾了半天，才叼出一块很小的鸡骨头，看来今天只能让贝贝吃这个了。我向花坛跑去。

可是，贝贝已经不在那里了。我找了半天，终于在那片小树林里看见了她，眼前发生的一幕彻底击垮了我：一条大黑狗正在兴奋地和贝贝交配！大黑狗边交配边发出愉快的哼叫声。贝贝嘴里叼着一块骨头，那骨头很大。一阵悲凉袭击了我，眼泪夺眶而出。贝贝发现了我，嘴里发出呜咽声，她在恳求我原谅她。我转过身，向马路对面飞奔。一辆车迎面疾驰而来。

## 三

我没有命丧黄泉。那辆车紧急刹了车，我捡回了一条狗命。可我的感觉真是生不如死。我心爱的母狗竟然为了一块骨头背叛了我，我曾经那么喜欢她，她的行为深深刺痛了我。其实，我很明白狗世界的爱情规则，如果说人类是朝三暮四，我们也好不到哪里去，没有哪只母狗会终生只选择和一条公狗交配。但我还是接受不了自己心爱的母狗在眼前和其他公狗交配，而且贝贝的神情是那么陶醉！

一辆辆车从我身边呼啸而过，我孤独地蹲在垃圾堆旁，回忆有关贝贝的一切，不知不觉间天已经黑下来。霓虹灯在茫茫夜空下闪烁，我抬头向天，发出野狼一样的长嚎。我要忘掉贝贝！我应该集中精力去做我的大事，去寻找我的主人，我不能因为儿女情长而忘掉了在城里的根本任务。

我顺着马路朝前走，尽量靠着墙根，让自己时刻处于路灯的阴影里。我不能让城里的捕狗者发现踪迹。我知道随着这场瘟疫的消失，健忘的城里人肯定会重开杀戒，大肆捕食我们。喜食狗肉的人养活了大量的捕狗者，他们是我的克星。除了捕狗者，我还要时时警惕其他流浪狗的攻击。我不知道为什么在城里流浪的狗如此之多，他们和我一样，浑身脏兮兮的，鬼魂一样在城里的阴暗角落里到处游荡，城市的边边角角差不多都被他们瓜分殆尽了，他们各自占据着一定的势力范围，严禁像我这样的流浪狗侵入。

凭着敏锐的嗅觉和准确的方向感，我一步一步向城市中心广场靠近。离开主人以后，许多个夜晚我独自来到这个广场，想找到一点主人的线索。他就在这里把我遗弃，我清楚地记得那天人很多，尽管被蒙住了眼睛，但凭借听觉我能判断出这儿的熙熙攘攘。主人是铁了心要将我放逐，他临走的时候也没有拿下我的眼罩，我听见他对我说：黑子，好好在这里待着！我蹲在原地，以为他去了“洗手间”。呵，“洗手间”，这是城里人对茅房的雅称。他们很文明，我要是在城里再待上几年，也许我也会成为一条文明狗。我在原地等了半天，不见主人的身影。我闻到了一股腥臊味，附近肯定有“洗手间”！我循着骚臭味向广场边缘走去，围着那个骚臭味的地方嗅来嗅去，有人突然踢了我一脚，嘴里嘟囔着：哪来的瞎眼狗！竟然舔我儿子的屁股！他不是我的主人，这里也不是“洗手间”。那个人愤怒地扯掉了我眼上的布条，我终于看清了周围的一切。这里是广场的一个阴暗的小角落，一个断了胳膊的叫花子正坐在这里乞讨，一个淌着鼻涕的小男孩在他不远处拉了一泡屎，骚臭味来自那里。可恶的叫花子不停地朝我挥舞着断胳膊，赶我走。哼，他肯定和我一样，也来自乡下，如今，他的脾气越来越像一条城市狗了。我迅速离开了那个叫花子，虽然那摊屎很吸引我的胃口，但我没有吃它的心思了，我必须找到我的主人。我茫然地四下里张望，哪里还有主人的影子？他费尽心机地蒙住我的眼睛在城里转了一圈又一圈，故意让我迷失方向，把我丢弃在这个人来人往的城市广场。

一个警察向我走来，手里拿了一根黑色的警棍，我撒开脚丫子沿着城市广场边缘狂奔，边跑边回头看警察是否追来。谢天谢地，他根本没有注意到我。

夜色下的广场显得十分冷清。一对年轻的恋人勾肩搭背站在广场台阶上小声说着什么；几个打扮妖艳的女人在广场中心走来走去，她们在寻找猎物——那些积聚了太多的“力比多”四处游逛的男人。突然，我闻到了同类的味道。借着微醺的晚风，那味道越来越浓烈。好奇心驱使我一点一点向她靠近。那是一条毛发金黄的小哈巴狗，紧紧跟在一个浓妆艳抹的女人身后，屁股摇来摇去。女人是来广场约会的，看样子她就住在广场附近，不然不会带一条狗来赴约。借着广场昏黄的灯光，我看见一个戴着墨镜的男人从路灯暗处走出来，嘴里叼着一明一灭的烟，潇洒地向女人挥挥手。女人“嗒嗒嗒”地快步跑过去，两人接了一个绵长的吻。坠入爱欲的女人显然忘记了身后的哈巴狗，他们说笑着上了一辆白色的小轿车。我可怜的同类不停地叫唤起来，想让女人把她抱上车。女人拍拍她的脑袋：宝宝乖，妈妈今天要去谈个生意，你赶快回家，啊！女人说完咔嚓一声关上车门。车子呼啸着疾驰而去。那个被女人唤作宝宝的狗看着远去的轿车，无奈地甩甩脑袋，四下里望望，低着头往回走。我想起来曾经在哪里见过她，她好像就住在广场附近的一个小区里。出于恶作剧的心理，我朝她打了一个响亮的流氓哨。她很警觉地停下脚步，竖起了耳朵，朝我这边看了看。我得意地从暗处慢慢走出来，友好地问候她：你好！美女！这一段日子我在城里学会了不少东西，我知道怎么说话能讨城里母狗喜欢。实践一再证明，哪怕对方是一条年纪很大很丑陋的老母狗，我若喊她一声美女，她也会高兴得忘乎所以。

宝宝疑惑地看着我，又看看周围，确信没有什么威胁，细声细气地问我：你是谁？我不认识你！

我笑笑，继续靠近她。我发现这是一条可称得上十分漂亮的小母狗，看上去年龄不大，让我想起了乡下的小青。你的名字叫宝宝，对吗？我装出一副什么都知道的样子来。

你怎么知道我的名字？她露出一副吃惊的表情。

哈，我见过你。你别紧张，我是一条流浪狗，别看我身上脏，但我心里干净着呢，绝对不会伤害你！我在她面前蹲下来。

谅你也不敢！本姑娘虽然个头不高，但掐起架来绝对不会输给你！

她在吹牛，以为这样可以给自己壮胆。如果我对她耍流氓，她肯定只有束手就擒的份儿。我告诉她，我刚刚被一条城市母狗伤害了感情，现在心情很乱，我是一条流浪在这个城市的乡下狗，我不喜欢城市，只想尽快找到我的主人。

你和主人走散了？宝宝放松了警惕，蹲下来，好奇地问我。

是的。几个月前我跟着主人从很远的乡下来到这个城市，后来他故意把我丢在了这个广场。

他为什么要那么做？难道他不喜欢你？或者你做了什么对不起他的事儿？

没有。我对天发誓绝对没有。他来这个城市打工，工地上不让养狗，他们口口声声说要杀掉我吃狗肉，主人没有办法，只好把我遗弃。

啧啧，原来是这样啊，真让我同情，我都快被你的不幸感动了。可是我能为你做点什么呢？我从来没有体会过被主人遗弃的感觉，我的女主人对我很好。她是一个很有钱的贵妇人，丈夫是一个小商人，在家的时间不多，所以女主人经常出去和别的男人“谈生意”。当然你也可以说是约会，但这不关我的事儿，作为宠物，我们不应该干涉主人的私人生活。只要她对我好，我就永远对她忠诚。

可是她刚才没让你上车！我幸灾乐祸地笑笑。

她当然不会让我上车！你要学会理解主人。人类有他们自己的隐私，而我们的美德是忠诚，不是告密和跟踪。你要学会原谅你的主人，我猜他也是迫不得已才这样对你的。

我知道，所以我一点儿都不怨恨他。我只想早点找到他，让他带我回乡下。我趴在地上，舒展开前腿，把下巴放在上面。我走了很长时间的路，有点儿累了。我对宝宝说。

宝宝也学着我的样子在原地趴了下来，转动着眼珠，思考着什么。夜色越来越浓，周围更加安静，偶尔有一辆小车呼啸着穿过广场旁边的马路，挟裹起一阵阵旋风。我们趴在广场边缘，耳朵捕捉着周围细小的声音。附近有歌舞厅，不时从那里传来女人的阵阵尖叫声，夹杂着男人的喘息。周围的商店陆续开始关门了，呼啦啦的声音不时响起，他们拉下了卷帘门。

宝宝疲倦地闭上了眼睛，像是睡着了。我用前腿碰碰她。她触电似的打了我一下，说真讨厌！碰什么碰？人家正闭目养神呢！

你该回家了。我对她说，天很晚了，狗城的夜晚风大，小心着凉！

她笑笑，晃晃脑袋说，主人不在家，我早回晚回没什么关系。我猜想主人要到天亮时才会回来呢。我正在动脑筋替你想办法。

你能想出什么好办法来！我在这座城市转悠了这么长时间，到现在都没有想出个子丑寅卯来。

你别小看我！我可是在这里长大的，我熟悉这里的一切。你刚才说你的主人在一个工地做工，我记得离这里不远就有一个建筑工地，我明天可以带你过去看看，说不定你的主人就在那里呢！

不可能！我记得他带着我围着城市转了好几圈呢，那个工地肯定离这里很远。

那倒不一定。你没听人说吗？最危险的地方就是最安全的地方！

说不定你的主人就在附近工地干活，故意带你兜圈子呢。

她的话有些道理，这给了我新的希望。我很高兴能碰到她。我请求她让我握握她的手，我想和她成为好朋友。宝宝同意了，很害羞地把前腿伸出来，只让我轻轻碰了一下，就站起来，轻声慢语地对我说，明天早上你在这里等我，我带你去那个工地！

我点点头，很感激地朝她挥挥手。我暗自庆幸能在城里碰到一条这么好心的小母狗。明天，我将和她一起去寻找我的主人。

## 四

夜已深。

除了我，广场上大概没有什么活物了。我翻来覆去睡不着，干脆溜达溜达。这几个月来，我几乎没有睡过一个好觉。在乡下的时候，夜晚寂静得很，我一觉能睡到大天亮。可现在不行了，一闭眼就是主人的影子，就是在乡下的那些日子。我还很年轻，却已经有了衰老的迹象。我不喜欢自己在城里过的这些混账日子，虽然我经常能吃到肉类和骨头，但那是从垃圾堆里捡出的食品。我想念主人在乡下给我喝的面糊糊，喝那个我心里很踏实。广场空荡荡的，路灯发出的光愈发昏暗。我抬头仰望星空，天空一片混浊。城里的天空很少能见到蓝天白云，有的只是昏天暗地。城里的空气里似乎永远弥漫着一股难闻的味道。

溜达到广场的那一边，我又看到了那个断臂的叫花子。他佝偻着身子躺在一床破棉絮上，面部不时抽搐着，我猜他正在做噩梦。那个小男孩紧紧依偎着他，身子也蜷成一团，瑟瑟发抖。我闻到一股熟悉的味道，那泡粪便就竖在男孩头顶不远处。不知道是不是因为条件反射，我肚子里立刻传出咕咕噜噜的响声。我真想把那泡粪便吃掉。好长时间没有吃到新鲜的粪便了，在乡下，主人在茅房排完便，常常唤我进去给他舔屁股，现在这样的好事不可能再有了。我在那个粪便堆面前犹豫了半天，最终还是放弃了吃掉它的想法。我的胃口已经被城里的垃圾食品惯坏了。我离开了叫花子，在广场角落的一个垃圾桶旁迷瞪了一会儿，等醒来时天已经蒙蒙亮了。两个穿着黄马夹的女清洁工在清扫广场，电视上把她们称为城里的美容师。美容师们起得可真够早的！我被她们嘈杂的扫地声吵醒，再也无法入睡。我站起来，甩了甩头，伸了个懒腰，打了几个哈欠，向和宝宝约好的地点走去。

她真是一条好狗。城市里这样的热心狗越来越少了。我低着头边走边想着宝宝的样子。她为什么要帮我？主人会不会在她说的那个工地？我已经找了那么多地方，都没见到主人的影子，难道真的会像宝宝说的那样，他一直就在附近？如果真是这样该多好！

一阵轻盈的脚步声传来，是宝宝，她这么早就来了，嘴里还叼着一根香肠。看样子她奔跑了一路，鼻尖上挂着一层细密的汗珠。她把香肠放在我面前，说我给你准备了一点早餐，我猜想你早就饿了吧？

我看着那根还未拆封的香肠，嗅了嗅诱人的肉香，把她推给了宝宝。

宝宝摇摇头，说我已经吃过了，主人还没有回来，我自己打开了冰箱，发现有好多香肠，自己先吃了一根，这根是专门带给你的，快吃吧，吃完了我们好有力气去找你的主人。

我很感激地点点头，三口两口吞下了香肠。宝宝看我狼吞虎咽的样子，高兴地摇了两下尾巴。

天色已大亮，马路上的车渐渐多了起来。我和宝宝穿行在车流中间，向宝宝说的那个建筑工地进发。宝宝一颠儿一颠儿地跑在我的前面，熟练地在马路间隙迈着碎步奔跑着，我紧紧跟在她身后。我们的体形相差太大，她小小的个子，在我面前像个小孩子。她带着我进了一个巷口，边跑边气喘吁吁地介绍说，这是附近最著名的小吃一条街，以前女主人经常带着我来这里喝汤。这条路离那个工地最近。我点点头，边跑边观察四周，我必须提防捕狗者和其他流浪狗，狗都有自己的势力范围，不会允许其他流浪狗侵入。这些失去主人的狗重新学会了依靠自己生活，他们身上的狼性因此在慢慢得到恢复。狗和狗的战争不可怕，最可怕的是流浪狗之间的战争，他们一旦掐起来，和狼差不多。

不知道是什么原因，在城里流浪的狗个个脾气都坏得很，或许对捕狗者的长期戒备造成了高度紧张，富有很强的攻击性。我怀疑自己再在城里待上一段时间，也会变成他们那样一副穷凶极恶的样子。我们已经安全地穿过了幽暗的巷子，庆幸的是我们没有遇到任何“敌人”。在巷口转个弯，我们继续向目的地进发。宝宝可能平时很少走这么多的路，有些娇喘。我问她要不要停下来歇歇，她嗔怪地看了我一眼，继续向前跑去。她以为我小看她呢！

经过一个巷区的时候，我嗅到了危险，一股同类的气味从前面传来，越来越浓烈。很快，一条黑色的大狼狗拦住了我们的去路。他是狼和狗的杂交品，凶狠无比。这种狗在城里很少见，只有极个别的小工厂还用他来看家护院。他毛发黝黑，如钢针般根根耸立，耳朵高高竖起，不时吐出猩红的舌头，喉咙里发出呜呜的恐吓声。他想挡住我们。我有些紧张，但宝宝似乎并不怕他。

他被铁链子拴着呢！宝宝笑着对我说。

我松了口气，汗！光顾紧张了，竟然没看见那条粗大的铁链子。我们大摇大摆地绕过大狼狗，他被我们无所顾忌的样子激怒了，狂吠起来，挣得铁链子哗啦哗啦响。宝宝向他摆摆屁股，抬抬前腿，嘲弄他：少安毋躁，伙计，少安毋躁！他更愤怒了，暴躁地在原地转圈，铁链子牢牢地勒住了他的脖子，他大声吼：杂种，你们两个杂种，我会咬死你们！这时，一个穿制服的保安走过来，看了我们一眼，拍拍大狼狗的脑袋，笑着说，是不是看上那条小母狗了？你这个蠢家伙！

他怎么知道宝宝是一条母狗！我在心里骂那个保安。

我们继续向前进发，宝宝说我们最好在工人上班之前到达那个工地，趁工地开工点名的时候，看看里面有没有你的主人，错过了这个时机，工人们都上了几十层的高楼，就没法找了。我点点头，加快了前进的速度。

远远地看见了那个工地，我心里一阵惊喜。这个工地和记忆中的很相像，难道我朝思暮想的主人就在这里？我越过宝宝，大步朝前跑去。宝宝着急地在后面追。到达工地还要经过一个四岔路口，我迫不及待地穿过马路，无奈车流太多太快，城里的司机狗肉吃多了，个个都铆足了劲开车。报纸上说，这个城是全世界车祸最多的城市，平均每天有 10 多起。我猜这肯定和他们喜食狗肉有关。宝宝一直很担心地站在我的右边，眼睛紧紧盯着右面呼啸而来的车辆。右边是我们视线的盲区，当我们被追得走投无路时，常常会让自己的右侧靠墙，把左侧面向敌人。这种趋利避害的习性是我们与生俱来的本能。宝宝很细心，我很感激她。

对面的灯终于换了颜色，积聚的人流开始向对面移动。我招呼了一下宝宝，冲在人群的最前面，宝宝朝我轻轻叫唤两声，叮嘱我小心。顺利地穿过了马路，我闪电般狂奔到工地大门，一道大铁门横在面前，透过铁门的缝隙，我看见里面走动着许多灰头土脸的工人，他们每个人手里都端着一个白色的大搪瓷缸，正呼哧呼哧往肚子里填送米饭。我焦急地在人群中寻找那张熟悉的面孔，一群人过去了，没有看到主人；又一群人过去了，仍然没有看到主人。等过去了好几拨人之后，我实在等不及了，想钻进去看个清楚，我相信主人就在那些端着搪瓷缸的工人们中间。我拼命用前腿抓挠铁门，可铁门纹丝不动。铁门底下的缝隙太小了，我只能伸进去半个脑袋，根本无法通过。我焦躁地在铁门外面打转，宝宝看我着急的样子，歪着脑袋说，你让开，我来试试，我个子小，或许能钻进去。我眼睛一亮，对啊，让宝宝先进去侦察一下。我拍拍宝宝的脑袋，叮嘱她小心点儿，别让那些人发现了。

宝宝说，你主人长什么样？

我想了想说，我记得他穿着红衬衫，黑裤子，白球鞋，留着短头发。

宝宝缩紧身子，使劲往里面拱，她的头虽小，但身子很胖，像怀上了五只小狗似的，钻得很费劲。我在后面用脑袋拱她的屁股，好不容易钻进了大半个身子，宝宝忽然发出一声惨叫，又迅速地退了回来。

里面有一条大狼狗！比刚才在巷子里遇到的那只还大！没等宝宝说完，一条狼狗已经蹿了过来，隔着铁门发出低沉的呜咽声。他的声音很压抑，近乎喑哑。或许他是一条哑狗。我们隔着门缝互相对峙着。宝宝刚才吓得不轻，浑身在瑟瑟发抖。我对着铁门狂吠了一声，带着宝宝离开了工地。

走出去老远，宝宝渐渐恢复了平静，她疑惑地问我，不找你的主人了？就这么放弃了？你就这样被那条狼狗吓住啦！

我摇摇头。我不是害怕那条狗，他一出现在工地，我就知道我的主人不会在那里。

宝宝说，为什么？

因为主人的工地是不许养狗的，就是因为这个我才会被主人遗弃在广场。

宝宝点点头，有道理，那我们现在怎么办？

继续寻找，寻找下一个工地！我咬咬牙说。

宝宝同情地看看我，低声叫唤了一声。她在安慰我，让我不要难过。

我们顺着马路往回走。宝宝看我垂头丧气的样子，说你为什么非要寻找主人呢？

我苦笑了一下，没有了主人，我就只能永远做一条流浪狗，我不想永远这样，我想找到主人，让我忠诚于他。

做一条流浪狗不好吗？那样不是更自由吗？

不好。风餐露宿，饥一顿饱一顿，谈什么自由！我不想要这样的自由，宁愿做一个奴仆。我们既然生而为狗，就应该安心做奴仆。这是我们的狗命。

你说的话太深奥，我听不懂。宝宝一脸茫然。

其实这不是我的思考，这是那条老狗——我在乡下的忘年交灌输给我的思想。你猜他活了多少年了，说出来吓你一跳！他活了快20年了，算起来有100多岁了呢！他浑身的毛都快掉光了！我笑出了声。

宝宝奇怪地问我笑什么。

我想起了老狗光着身子的样子。哈哈，他那副样子可真是滑稽！老狗说他早就看透了这个世界，他一有时间就教导我：我们狗最大的优点是忠诚，是做一个忠实的奴仆，你永远不要试图反抗主人，主人打你，那是对你的疼爱，主人骂你，那是对你的眷顾。要学会珍惜眼下的生活，一旦失去了主人，成了流浪狗，你就会欲做奴仆而不得，那才痛不欲生呢！我那时对老狗的话还没有太深刻的感受，现在我知道老狗对我的奴化教育的深刻寓意了。他说得没错，我们一旦没有了做奴仆的机会，就一切都无所适从了。

我不懂你说的这些话。宝宝皱着眉头说，我和你想法不一样，我想做一条自由的狗，比如主人不在家的时候，我就喜欢到处逛，想干什么就干什么，这多恣儿！

我叹了口气，知道宝宝无法理解我的心境，便不再说什么了。我们默默回到了广场。宝宝提出来带我去看看她的家。我想了想，点头答应了。我有些劳累了，想歇一歇，然后再去继续寻找主人。

## 五

这是一个很老的小区，一栋栋楼房冷酷无情地矗立在那里，外墙上的油漆脱落得斑斑驳驳。里面很热闹，到处晃动着老人和孩子的身影。天气渐渐暖和起来，老人纷纷走出家门，活动活动筋骨。小孩子们有的在小区主干道上溜滑轮，有的在草地上奔跑嬉戏。还有一个略显孤单的小男孩在小区中间的空地上滚铁环。这让我想起了乡下，乡下的孩子最喜欢玩这个圆不溜秋的东西。

宝宝大摇大摆地在前面奔跑着，边跑边和卧在路边的狗友们打招呼，我发觉他们看我的眼神很不友好。我第一次来这个陌生的地方，有些胆怯。宝宝想缓和一下略显紧张的气氛，向狗友们介绍：我的新朋友，大家多关照。那些狗不以为然地朝我笑笑，这城的狗惯常冷漠，只要他们对我没有什么敌意就好了。我知道他们一定会在内心里看不起我，嘲弄我浑身脏兮兮的样子，也一定会在背后嘀咕：瞧他！一条落魄的流浪狗！不错，我是一条流浪狗，没有资格和他们比，我很自卑。我把头低得更低了，恨不得溜着墙根走。

宝宝的家在二楼，房门紧闭，女主人看样子还没有回来。门上留了一个很小的狗洞，宝宝勉强可以钻进去。但对我来讲，那洞口实在太小，根本无法进入。宝宝干着急，但没办法。我安慰她：我在门口看看就可以了。宝宝不好意思地说本来想让你看看阳台，主人把我的窝安在那里，阳光特充足。我点点头，我能想象出宝宝的幸福生活。从狗洞我可以很清楚地看到屋里的摆设：地上铺着油光光亮晶晶的地板，墙根摆放着高档的皮质沙发，沙发上面挂着一幅油画，上面是一个裸体的女人，我还看到了女主人胡乱摆放在沙发上的内衣以及她的一双花色拖鞋。就这些，别的我就看不到了。

大概是为了安慰我，宝宝从门洞里给我叼出来一根香肠。今天早上我已经吃过这个东西了，现在没有什么胃口。宝宝悻悻地把香肠叼回去，又叼过来一块蛋糕。这个东西好吃，我在垃圾堆里见过一个盛蛋糕的纸壳，曾经仔细舔过残留在上面的蛋糕碎屑，那香喷喷的味道让我难忘。我很快吃完了那块蛋糕，宝宝看我细嚼慢咽不舍得一口吃完的样子，笑笑，又叼出来一块。这一块我吃得更加仔细，不紧不慢地舔。这时，从三楼下来一个老太太，她看见我，嘴里嘟囔了一句：哪来的野狗，这么脏！她试图赶我走，向我摆手跺脚。我看看宝宝，迅速地跑下楼，躲进了草地花丛中。等老太太走得很远了，我才敢钻出来。宝宝很歉意地蹲在楼梯口，嘴里发出呜呜的叫声。

我想离开了，这里不是我待的地方，这个小区有许多“敌人”，我能感觉到他们虎视眈眈的目光。但宝宝想让我留下来陪她，她说女主人到现在都没有回来，有些不正常，往常她早就回到家了。男主人好长时间才回一次家，宝宝又不知道女主人什么时候回来，她希望我能陪她一起等。想到宝宝为我做了那么多事，我无论如何都应该答应她这个小小的请求。我在她身旁卧下来，看不远处的人来人往。

花花绿绿的人影在我眼前晃来晃去，我能看出城里人倦容下的焦虑。他们脸上没有了乡下人的从容，行色匆忙，像是不由自主地被什么东西推着前行似的，不得不闷头往前赶。但他们并不清楚往前赶的目的，也不知道前面等待他们的到底是什么。我的忘年交老狗告诉我：其实他们原本就生活在乡下，至少三代内都能找到农民的血统，只不过是因为某种机缘，靠着流血流汗的打拼才挤进城市的大门。一进入城市，他们就不得不按照城市的节拍往前走。城里太闹，太挤。大家白天都挤在一个个水泥笼子里，黑夜还是挤在这样的水泥格子里，每张床只隔着薄薄一堵墙，夜里扑扑腾腾的动静彼此相闻。这哪里是人的生活？连我们狗都不如！老狗的这些观点未必正确，但他活的时间太长了，阅尽了世间的沧桑。他的知识不仅来自阅历，他还能看懂人类的电视。老狗说他的许多有关城市的经验都是从那上面得来的，电视上的节目对人类来讲可能有些弱智，但对于我们狗，足够学习领会了。老狗还对我说过他的雄心壮志：我要写一部狗史，这部书专门给狗类中的知识分子阅读，我将在这本书中回忆我坎坷而辉煌的一生，回忆我的情史，以我的个体视角折射狗类的生活。我这一辈子一共和 20 条母狗交配过，每只母狗都替我繁衍了至少五只以上的小狗，可以说我的种遍布整个村镇。我一定要把这部狗史写出来，留给我的子孙后代。

老狗一次次地在我面前重复这样的话。事实上他一直没有动笔，我估计他这一辈子也动不了笔了。他太老了，快走不动了，心有余而力不足。他只能像我现在这个样子，蹲在地上，一点点回忆咀嚼过去的那些日子。

我不知道主人会不会也将变得像城里人这样猥琐、无奈、疲倦、亢奋、发狂，更不知道能不能找到他，我只知道必须继续寻找，我不能容许自己成为一条没有主人的流浪狗。我的这种心情人类也许不能理解，我想假如你失去了国籍或者父亲，你就能理解我的处境了。

如果实在找不到你的主人，怎么办？宝宝像是看透了我的心思，忧心忡忡地问我。

那我就回乡下去，回到我魂牵梦绕的家乡，或许我还能找到回家的路。我站起来，甩甩头，一只讨厌的苍蝇老在我头上撞来撞去。我想把他赶走。我身上有许多虱子，我希望等到天再热一点时，能找到一条干净的河流洗一个澡，把虱子全冲掉。但我不知道在城里还有没有这样的河流存在，即使有，现在这样的节气也不行，天还是有点凉了，沾水容易感冒。我不能生病，在没有主人的陌生城市里，一旦生病就可能意味着死亡。我在城里看到过一家动物医院。城市真是个奇怪的地方，这里的人对待我们的态度表现出两种极端，对待自己的宠物他们如同“春天般温暖”，百般宠爱，还专门买狗粮，生病了还能到专门的动物医院救治。而对于像我这样的流浪狗则显现出“秋风扫落叶”一样的冷酷无情，要么被捕去煮了吃肉，要么恶言相向。

一个人影慢慢从右后方向我这边靠拢，不好！是狗贩子！他手里拿着一根黑色的捕狗绳！他是冲我来的！说时迟，那时快，我一跃而起，快速向小区门口跑去。那人紧追几步，看没有撵上的希望，跺跺脚，摇头叹息。他把目光转向了宝宝，看看四周，没有人注意他，便慢慢走向宝宝。宝宝一副满不在乎的样子，她是这个小区里的狗，她有主人，不惧怕捕狗者。我从捕狗者笑眯眯的脸上看到了危险，快速向回跑，边跑边大声提醒宝宝：快跑，那个家伙要抓你！宝宝听到我的警告，立起来，撒腿往家的方向跑去，边跑边汪汪大声呼救，希望能引起人的注意。宝宝很聪明，知道狗贩子不敢贸然在主人面前行动，她跑到在路旁晒太阳的老太太脚边，卧了下来。狗贩子看看老人，止住脚步，悻悻地走了。我松了一口气。差点让狗贩子给逮住了！原本以为小区里比大街上安全，没想到也这么危险。

宝宝被吓得不轻，我招呼她过来，舔舔她的脸，对她说不要怕，这种事我常碰到，都习惯了。宝宝依然面有惧色，我从来没碰到过这种危险，往常有主人在身边，谁也不敢欺负我！可主人到现在都没回来，她到哪里去了呢？

再等等吧。我看看日渐偏西的太阳说，我会一直陪你等她回来的，你不要担心。

宝宝点点头，说我不怕，我只是担心我的主人，她不会永远不回来了吧？她会不会狠心丢下我去了别的地方？

不会。她的家在这里，会回来的。我打了个响亮的喷嚏。看我有些狼狈的样子，宝宝笑了笑。

可事情并不像我想象中的那么乐观。直到天完全黑下来时，宝宝的女主人还没有回来。我肚子饿了，想去附近找点吃的。宝宝因等不到主人而变得焦躁不安，早已忘掉了饥饿。从家家户户的厨房里飘出了各种各样的香味，我可以分辨出哪家在炖牛肉，哪家在煎鸡蛋，哪家在红烧排骨……宝宝看我无精打采的样子，意识到该吃点东西了，她跑回家，给我叼回来一根香肠。我三口两口把香肠吞了下去，肚子不像刚才那么饿了。我看看灰蒙蒙的夜空，空气中弥漫着一股潮湿的味道，好像要下雨了。我想让宝宝回家，然后去广场找个能遮风挡雨的地方好好睡一觉。宝宝不同意，主人不回来，你不许睡，再说我自个儿待在那么大一个房间还有些害怕呢。我没办法，只好再陪她等下去。

我对宝宝说，我们一起去广场吧，明天早上再过来看看。宝宝点点头，惨兮兮地说，也许主人真的不回来了，她可能出什么事了。昨天我看她约的那个男人就不像个好人。我安慰她说不会，人的命比我们金贵，你的主人是不会出事的，也许明天一大早我们一回来就看见她躺在床上呼呼大睡呢！宝宝笑笑，跟着我去了广场。

## 六

广场又恢复了往日的寂静。我让宝宝在广场的一个角落里等我，我去不远处的一个垃圾堆里找点吃的。这个广场周围有好几家餐馆，所以每天丢弃的食物很多，很丰富。我想到那里去捡几块骨头给宝宝吃，因为担心主人，她已经一整天没好好吃什么东西了，她需要补充营养。看宝宝那副疲惫的样子，我很心疼，她凄楚无助的样子让我怜爱。

我迈着碎步向不远处的垃圾堆跑去，我闻到了一股香味，这是久违了的熟肉的味道，我一阵惊喜，今天真是走运，竟然有熟肉可吃！在城里到处都可以找到骨头，但熟肉难得吃到。我飞速地扒拉着垃圾堆，终于在一个黑色塑料袋里找到了一块熟牛肉。因为扔得时间太长，那块肉已经发馊，能闻到一股恶臭味。这种肉肯定不能给宝宝吃，我犹豫了一会儿，决定自己把它吃了。别看是一块烂肉，但味道可真是鲜美。我又从垃圾堆里扒拉出一块大骨头，准备带回去给宝宝。突然，从身后的花坛传来几声狗的哼叫声，附近有狗！那压抑的叫声仿佛是遇到了什么危险！我叼起那块骨头，向花坛靠近。我看见一条大黑狗正骑在一条小花狗身上，吭哧吭哧地在交配。许久没有和母狗偷情了，我痴痴地望着眼前沉浸在忘我欢乐中的同类，忍不住吞了一大口口水，发出了一声呜咽。那条兴奋的大黑狗发现了我，朝我吼叫：快点滚开，不要打断了我的好事！我转过身，神情恍惚地往回走。那条被压在下面的小母狗多么像小青和贝贝啊。哎，真怀念那些日子。我又回头看了一眼那两个幸福的流浪者，极力压制住蠢蠢欲动的欲望。

没走出多远，宝宝迎面跑过来。她惊讶地说刚才听到几声狗叫，以为你遇到了什么危险，赶紧跑过来看看。

我红着脸说哪有什么危险，你不要去看！

她疑惑地看看我，不相信地往花坛方向走。我试图拦住她，但她已经跑了过去，看见了那个惊心动魄的场景。

宝宝呆呆地愣在了那里。

我还没有经历过那样的事儿！回到广场角落，宝宝红着脸对我说。那究竟是怎么回事儿？

我能看出来，宝宝是真的很好奇，好奇中透着纯真。我无法向她描述那种感受，只说了句：那是我们繁衍后代的方式，是生殖的需要。

宝宝点点头，眼睛迷离地看着我，沉默。

雨是半夜落下的，豆大的雨点噼噼啪啪地打在坚硬的水泥地上。为了不让雨水淋湿了宝宝，我把她带到了广场边缘的一家商场屋檐下。尽管如此，还是不能完全遮挡住随风起舞的雨点，我只好让宝宝躺在我的胸前，用自己的身体给她遮风挡雨。我们身贴身，能清晰地感受到对方的体温和心跳。宝宝温柔乖巧地趴在我的怀中，屁股不时地碰触到我的后腿裆部。这个动作慢慢点燃了我压抑许久的欲望，我极力克制自己不要去胡思乱想，但刚才那两条流浪狗交配的情景不时又重现在我的面前。宝宝显然也在经受着难耐的考验，她已经长大了，有了成熟母狗的需要。可她不知道怎么做，不知道如何消除心里的焦虑和紧张。她的身体太小了，我实在不忍心。但她的屁股不停地碰触我，嗓子眼里不时发出若有若无的哼叫声。我能感觉到宝宝屁股底下正慢慢流淌出黏糊糊的液体，那液体如同泉水般越流越旺，清澈透明，散发出诱人的腥臊气。

我闭上了眼睛。

我不知道自己是怎么进入宝宝的，只模模糊糊听到她发出一声痛楚压抑的哼叫。

我极力让这个美妙的过程延长，慢慢控制着节奏，直到天色微明，宝宝瘫软在地，我才舍得离开她的屁股。此时，她差不多已经虚脱了。她用舌头把屁股上的残留物舔干净，偎依在我的胸前，进入梦乡。我抱着宝宝，感到了从未有过的幸福和满足。

一觉睡到太阳高升，天彻底放晴了，商店就要开始营业了，我摇醒还在睡梦中的宝宝。她伸了个懒腰，看看红彤彤的太阳，娇声娇气地说我有点儿饿了。

我拍拍她的脑袋，想让她一起跟我去垃圾堆里找点儿吃的。

宝宝撒娇：我不想吃垃圾食品，想吃点新鲜的。

我东瞅瞅西看看，实在想不出到哪里去找新鲜的食物。

宝宝说附近有个菜市场，那里面肯定少不了小贩扔掉的新鲜食品。

菜市场？我嘀咕了一声。那可是一个危险的地方啊，那里不但有贩卖狗肉的狗贩子，还有很多流浪狗。像菜市场这样的肥地盘，早就被那些体格健壮的流浪狗占领了，他们是不会允许生狗进入的。但看看宝宝期盼的眼神，想到昨夜的酣畅，我鼓起勇气：我去试试！看能不能给你弄点儿新鲜骨头回来！

宝宝点点头，叮嘱我路上小心。

我向菜市场跑去。

说实话，去菜市场我心里很没有底儿。那里的危险自不待言，如果不是为了满足宝宝心血来潮的胃口，我自己是说什么也不会冒险去那个地方的。这不是拿自己的身家性命开国际玩笑吗？可我知道我必须去一趟那里，而且还必须要找一块新鲜骨头回来，只有如此，才能向宝宝证明我的强大和可靠。经历过昨夜的交合，我从内心里喜欢上了宝宝，为了她，用人类的话说，我可以赴汤蹈火，我可不像某些人只是随便说说而已，我现在冒这么大的风险去菜市场，差不多就已经达到了赴汤蹈火的境界。

明知山有虎，偏向虎山行！……不信青山换不回！……我不停地给自己打气。菜市场在居民楼的后面，是这个城市最大的几个市场之一，里面的食品异常丰富。慢慢地看见了市场入口，那里熙熙攘攘一片，热闹得很。我紧紧溜着墙边，一步一步向市场靠拢。此时我必须眼观六路耳听八方，在那些匆忙往来的人群中，我很难判断有没有随时抓狗的狗贩子，更要命的是那些躲藏在阴暗角落里的流浪狗，我不知道他们何时会现身。我胆战心惊地一点一点前进。几分钟以后，我成功进入了市场，第一眼就看到一个卖狗肉的摊位，白色铁皮柜台上摆满了刚出锅的狗肉，两只面目狰狞的狗头高高地悬挂在摊位正上方。看着自己的同类被煮成这样，我头上直冒冷汗。或许昨天他们还和我一样，在城里的某个角落里流浪，可就在一瞬间，他们被狗贩子套住了脖子，被装进铁笼，被扒皮宰割，被煮成现在这样一条一条的肉块。我不敢往下想了，越想越胆怯，赶紧把目光挪开，迅速躲进阴暗处。不能让卖狗肉的人看见我，他身上的杀气太重。我怕他。

我犹豫着要不要退缩，如果现在退回去还来得及。可自尊心不让我后退，我必须履行自己的诺言。在近在咫尺的狗肉摊位前，我清楚地看到了一块同类的小腿骨，可我不能吃我的同类。离狗肉摊不远有一个很大的牛肉店，门口堆了一大堆刚刚剔干净的牛骨头，我想也许可以从那里取得一些战利品。不妙的是，那个店里有一条狼狗，他躲在店里面的一张桌子底下，不易察觉，但我能看到他。我在考虑采取什么战术，是速战速决叼着骨头就跑呢？还是慢慢攻其不备，神不知鬼不觉地悄悄叼走？经验告诉我，此时只有强攻。我非常了解我的同类，我即便是再小心翼翼，也会惊动那条狼狗。考虑成熟，我抓住一个有利时机，以极快的速度奔向牛肉店，叼起一根大骨，转身朝市场门口狂奔。我的速度太快，店主和周围的人都没有反应过来。同类看见我叼走了一块骨头，愣了一下，恼怒地狂吠一声，从桌子底下一跃而起。我拼命地跑啊跑，直跑得头晕眼花，那个家伙还在穷追不舍。我不能跑向广场，那样会暴露宝宝，她肯定会被这个张牙舞爪的家伙吓坏的。我急中生智，直接奔向通往工地的胡同口。我想先从那里绕一圈，说不定能把这个家伙甩掉。跑过有狼狗的厂房时，看大门的大狼狗警觉地看着我飞奔而过，再看看紧追我的同类，低声呜咽起来。奇怪的是，那个追我的家伙突然停下了脚步，两眼痴痴地看着看门狗。我趁机迅速逃离，在胡同口拐弯时，回头看了一眼，那两个家伙竟然偎依在了一起！哈，或许他们是老情人？或许有什么血缘关系？我暗自庆幸地奔向广场。正在焦急等待的宝宝看见我嘴里的骨头兴奋地站起来，伸出舌头，流出长长的口水。我把骨头叼给她，得意地说，尝尝，看是不是很新鲜？宝宝贪婪地咀嚼起来。

## 七

宝宝的主人还没有回来，家里的房门依然紧闭。宝宝进屋巡视一周，没有发现主人回来过的任何迹象。

她出去快三天了，到现在都没有回来，肯定出了什么事。宝宝愈发担心起来，那天我之所以想陪着主人去，就是因为我从那个男人身上嗅到了危险，可主人不理我，其实我很清楚她是在和那个人约会，她得不到男主人的爱，常常一个人在家里发呆，不止一次地带陌生男人回家，疯狂地几乎是没命地和他们在床上折腾。哈，这些，我都知道，可她却以为我什么也不懂。宝宝一脸的忧郁。

我碰碰她的耳朵，让她冷静一下，说不定今天晚上她就会回来，也许她是出去旅游散心了呢？我提醒宝宝。

宝宝眼睛一亮，燃起一丝希望，随即又神情沮丧起来：她从来不去旅游，而且走的时候什么都没带，包括换洗的内衣，她不会去旅游。宝宝语气坚决，跟了主人这么长时间，她十分了解主人。

我们趴在楼梯口，注视着每一个过往的行人，希望可以看到女主人的出现。半天时间过去了，仍然一无所获。我和宝宝肚子都饿了，她进屋找了一块肉酱，说是女主人走之前扔在厨房垃圾筐里的，好几天了，有点馊，不知道还能不能吃。我闻了闻，吃了一小口，香喷喷的。我对宝宝说没问题，吃吧。宝宝舔了两下，无法下咽，把肉酱都给了我，自己又回屋叼了根香肠，放在脚边，也不吃，眼神忧郁地望着不远处的花坛。我理解宝宝，她现在的心情就如同我刚和主人走失时一样，一定是充满了孤单、无助、恐慌和困惑。如果女主人真的不回来了，宝宝也将成为和我一样的流浪狗。我很担心这一点，她这样小的个头，根本无法在城市独立生存，也许我应该把她带回乡下，在那儿活命毕竟比在城里容易得多。这样想着，我的肚子突然一阵剧痛，像是谁用一把尖刀在不停地搅动我的五脏六腑。我第一个反应是中毒了，刚才吃下去的那块肉酱有毒！我忍着剧痛快速奔向花坛，呕吐起来。残酷的生存环境锻炼了我们自我排毒的本领，只要不是剧毒，我们把有毒的食物吐出来，就没事了。我使劲呕吐的样子把宝宝吓坏了，她焦躁地围着我转来转去。我吐了一大摊，将吃下去的肉酱吐得一干二净。我的胃因剧烈呕吐变得紧缩疼痛，豆大的汗珠不断从脑门砸到地面上。

我需要喝水。我对宝宝说。

宝宝迅速钻进屋，叼出来一小碗水，我咕咚咕咚喝下去，肚子终于不那么疼了。宝宝看我痛苦的样子，一个劲儿埋怨自己粗心，不该把馊肉拿出来给我吃。我拍拍她的脑袋，说中毒不一定是因为肉酱馊的原因，也可能是有人故意下毒！宝宝目瞪口呆，难道有人想毒死女主人不成？

经历了这个事件，宝宝的情绪变得更加不安起来。她开始意识到生存的险恶，失去了主人，意味着我们只能依靠自己。

宝宝眼巴巴地看着我。

我对她说，我们再等最后一天，如果你的女主人还不回来，我就带着你一起去寻找我的主人，无论怎么样，我都会一直保护你。

宝宝把头埋在我的胸口，呜呜哭起来，边哭边说，我不想成为没有主人的狗……呜呜……我不要到处流浪……呜呜……呜呜……

莫斯科不相信眼泪，这个城市更不相信。我对宝宝说，不要哭，我们要振作起来。我拉起宝宝。

她还在抽泣着，到底是没经过多少江湖险恶的小母狗，承受不住即将成为流浪狗的残酷。

我叼起那根香肠，要宝宝吃下去。

宝宝摇头。

必须吃！我命令她，把肚子吃饱才能和我一起奔跑！

宝宝一小口一小口把香肠吃了。

我的肚子刚才都吐空了，亟须食物补充。我四下瞅瞅，不远处走过来一个拎着垃圾袋的孩子。这是一个不守纪律的小男孩，他没有把垃圾扔到小区的垃圾桶，而是直接扔在了楼梯口，只顾自己去玩耍了。这倒方便了我获取食物，我把垃圾袋叼进草地里的花坛。袋子里的食物很丰盛，里面竟然还有一大块几乎没怎么动过的猪头肉。我招呼宝宝过来吃点。宝宝摇头，说实在吃不下去了。我不管她了，贪婪地把那些猪头肉全吃了。

天渐渐黑下来。

我带着宝宝去广场。走之前，宝宝恋恋不舍地围着那栋居民楼转了一圈又一圈。我嫌她太儿女情长，以后还可以来看嘛，又不是永别！我催她快走，再晚小区就要关门了。宝宝一步三回头地跟在我身后，向广场进发。

对于我们这些流浪者而言，广场就是我们的家。我已经习惯了偷偷躲在广场的阴暗角落，冷眼看这世间冷暖。狗具有领地习性，每一条狗都喜欢在自己的势力范围内称王称霸，不让其他动物侵入，人类很善于利用我们这个特点，所以我们成了人类的朋友，成为人类看家护院的最佳选择。是的，在这一点上，我们很敬业，这是我们祖上传下来的习性——不管主人对我们如何，我们必须永远忠于自己的主人，忠于职守，我们因此赢得了“狗不嫌家贫”的赞誉。

我们肛门的腺分泌物使粪便具有特殊的酸臭味，把粪便和趾间汗腺分泌的汗液利用后肢在地上抓划，作为领地记号。这个领地神圣不可侵犯。那是有主人的时代。可是现在我们没有了主人，我们只有徘徊在这空旷的广场。我们的领地意识在这里失去了意义，因为广场属于公共空间，对于广场而言，栖息在这里的所有生物都是过客。我和宝宝也是。明天天一亮，我们将离开这里，一路向西，去寻找我的主人。寻找主人的过程本来很孤独，好在我遇到了宝宝。但她还没有走进我的心灵深处。就像我在生病时会本能地躲开人类在阴暗中疗伤一样，骨子里我是一条孤独的狗。宝宝以及其他狗的出现，只能在身体上给我些许安慰，我的内心常常还是一片苍茫。我不知道这是不是源于主人带给我的伤害，主人把我遗弃在广场的行为的确深深刺痛了我。在乡下他不是这样的，那时他很疼爱我，到了这个面目可憎的城市他就变了，他的心和城市里的马路一样变得坚硬起来。虽然我能原谅他，但他带给我的伤害永远不能修复了。但我必须寻找，这是我作为狗的宿命。我是主人的奴仆，我必须寻找，他是我的魂魄，是我的精气神，没有了他，我只是一具空壳。这些感悟我无法告诉宝宝，她还小，还没有经历过刻骨铭心的伤害。

## 八

为何要一路向西？我说不清楚做出这个决定的缘由。人类有第六感，我们狗也有。我隐约感觉到主人就在西边，那是我和主人当初来城里的方向，也是我老家的方向。当宝宝一再追问我为何一定要向西走时，我只能这么回答她。这是我的感觉，现在我只能相信感觉。

我们从广场出发，一路西行。我们尽量避开繁华的街区（我一直固执地认为那是城里肮脏气最集中的地带，穷人是不会去那里的），尽量走阴暗的小巷子，低矮错落的巷子正在被繁华所侵蚀，随时面临着被拆迁的命运。穷人被赶往城市的最边缘，给富人让位。主人打工的建筑工地最有可能出现在这种地方。一路上，我看到了好多衣衫褴褛的乞丐，他们或耳聋眼瞎或断臂少腿或年老体弱，徘徊在街巷的边缘，不时向过往的行人伸出黑乎乎的手掌，嘴里发出乞求施舍的声音。可没有几个人会停下匆忙的脚步，更很少有人会施舍给他们哪怕一枚硬币。

那些人真可怜！宝宝看着那些可怜兮兮的乞丐说。

他们和我们一样，也是城里的流浪者，没有谁会帮他们，就像没有人会帮我们一样。我幽幽地告诉宝宝，某种程度上他们也是生活在城市的奴仆，有钱的富人是他们的主人。他们的命运掌握在富人手里，这一点和我们没有什么太大区别。

我的话宝宝似懂非懂，做出一脸茫然状。我无法向她解释清楚，我没有乡下的忘年交老狗的言说本领。我只能告诉宝宝，即便是那些生活在城里的所谓的富人，其实也很可怜。他们有的是金钱的奴仆，有的是权力的奴仆，男人是女人的奴仆，女人也是男人的奴仆。真正能参透人生、掌握命运的主人是少之又少的，这样的人才是大智者，可惜，这样的人在城里可以说是凤毛麟角。

你貌似很有思想的样子。宝宝听完我的唠叨做出如此评价，你哪来的这些高深莫测的想法？真是奇怪！看你一副老成的模样，像是阅尽了世间的沧桑！

我笑笑。宝宝还真说对了，我就是受到的打击太多，世间的酸甜苦辣品尝的太多，才时常冒出这些貌似深刻实则乱七八糟的想法。

我们继续前行。在另一个巷口深处宝宝发现了一个吸毒者，是一个中年男子，胡子拉碴，一副落魄的模样。他将整个身体都斜靠在墙角里，抖抖索索地从裤兜里摸出一包白色的粉状颗粒，放在鼻子底下，贪婪地吸食起来。

那是白粉。我对宝宝说，一种能麻醉神经的东西。

你怎么知道？宝宝疑惑地问我。

我在广场看见几个小青年吸过，他们边吸边交头接耳地议论：白粉……白粉……白粉……你一会儿就会看到那个男人痴狂的样子了，我话音刚落，中年男人就浑身打起了战栗，他发现我和宝宝在偷窥，挥舞了两下胳膊，试图赶我们离开。但他显然没有力气了，挥舞了两下就瘫软在地，嘴角流出长长的口水，大睁着痴痴的眼睛。他的面目十分狰狞，宝宝有些害怕，我们离开了。

这是一个晴朗的上午，城市的太阳光慵懒地穿透婆娑的树叶，点点阳光铺洒在路面上。我和宝宝踩着这些斑斑点点，嗅着周围散发出来的甜腻味道，这是洗发水混合香水和风油精的香味。我们来到了这城的发廊一条街。那些名目不同的发廊一溜儿并排着延伸到小巷尽头。城里人习惯上把这个地方称作红灯区，大概是因为这里一到夜晚就会到处亮起盏盏红灯的缘故吧。这个时间，每个发廊都是房门紧闭，那些或精瘦或肥胖的姑娘就躲在垂下的厚厚的帘子后面，她们在积蓄力量，等待着晚上繁华时刻的到来。人类操纵了这个世界的一切，也滥用着这个星球的一切资源，包括女人。发廊女大多来自乡下，她们用自己的身体换取在城市流浪的资本。我不想让宝宝过早知道这些世间的丑恶，带着她继续奔跑。

出了巷口，眼前骤然变得开阔，一条大河横贯在我们面前。我们沿着河岸奔走，极力把呼吸变得微弱，河水太臭了，那泛着层层白沫的河水墨汁一样拥堵在一起。宝宝被河水熏得直流眼泪，连鼻涕也熏出来了。不远处有一座桥，过桥时，宝宝突然停下脚步，对着桥底大声叫唤起来，叫声里带着哭腔和恐惧，我看看桥底，那儿居然漂浮着一具尸体！宝宝不停地叫，引来不少围观的人群。我怕人群中有狗贩子，不时提醒宝宝赶紧离开。宝宝不走，对我说，我看到那个死人的衣服和女主人的一模一样，这个人可能就是她！

宝宝的话让我目瞪口呆，我惊讶地盯着那具半浮半沉的尸体。已经有人报了警，警察几分钟就到了现场，迅速扯起来一个隔离带，将人群远远地隔开来。他们开始打捞尸体，阵阵恶臭扑鼻而来。尸体打捞上岸，我清楚地看到这是一具女尸，头发很长，下半身没有穿衣服，裆部被插上了一根长长的木棍。这个惨状让围观的人群发出一阵惊呼。宝宝却异常安静下来。我知道她在哭。哭得很压抑。

## 九

现在，宝宝和我一样，成了没有主人的流浪狗。她现在的处境比我还要惨，我至少还知道主人就在这个城市某个地方，这可以给我带来一些希望。但对于宝宝而言，连这点可怜的希望都没有了。宝宝仿佛在一瞬间就变得苍老起来，在看到女主人尸体的那一刹那，她承受了一次成长的剧烈蜕变。她一遍遍地对我说：我现在可就只有你一个可以依靠了，你可不能抛下我啊！我点点头，挠挠她的前腿，说放心吧，我会永远和你在一起的。

经受了刚才的一幕，宝宝情绪异常低落，我们前进的速度变得缓慢。一直到了太阳偏西，我和宝宝才穿过城区。随着越来越多高耸入云冒着浓烟的大烟囱映入眼帘，我知道目的地快到了。我竖起耳朵，极力捕捉工地敲击钢管的砰砰声和塔吊转动的吱呀声。我不由自主地加快了脚步，宝宝紧紧跟随在我身后。一辆哗啦作响的城郊公交车迎面开来，咣当一声停在正前方不远处的站台。我看见一个似曾相识的身影正准备上车，他穿着一件红色的衬衫，是主人！我一阵狂喜，拼命向那个身影跑去，我边跑边大声呼唤，想引起主人的注意。可他好像根本没看见我似的，快速上了公交车，没等我跑上前，车子已经开走了。我盯着那辆车，紧追不放。宝宝在后面汪汪叫起来，她不知道发生了什么事，见我拼命追赶那辆车，只好也努力跟着我奔跑。车子越开越快，无论我怎么努力，都阻止不了车子越变越小，直至成为一个黑点，消失在远处。

我绝望地蹲在地上，大口大口地喘粗气。宝宝气喘吁吁地追上我，上气不接下气地问，你刚才看见了什么？跑这么快！我指指公交车消失的方向说，我看见了主人，他就在那辆车上！宝宝惊讶地看看前方，犹豫着说，如果那真是你的主人，我们就沿着公交车路线走，最终总会找到你的主人的！我点点头，站起来，想继续往前跑。宝宝拦住我，用嘴示意我看旁边。原来不远处有一家小商店，一个小女孩正站在店门口啃一个肥美的鸡腿，她吃得很投入，满嘴都是油。宝宝饿了，我的肚子也在咕咕叫。我四下里瞅瞅，没有人注意我们。宝宝胆子太小，我想让她锻炼锻炼。

我对宝宝说，你慢慢凑到女孩身边去，看能不能捡点鸡骨头回来。

宝宝有些胆怯，不敢去。

我给她打气，没事，你个头小，她不会害怕的。我个头太大，过去准吓着她，那样到嘴的美味可就飞了。

宝宝犹豫再三，终于鼓足勇气，慢悠悠地往小女孩身边凑。

她成功地接近了目标，并且吃到了一根骨头。小女孩发现了她，露出很意外很高兴的神情，嘴里发出亲昵地呼唤：狗狗……小狗狗……可爱的小狗狗……宝宝乖巧地接受了小女孩的爱抚，尾巴摇来晃去，一会儿高高翘起，一会儿水平地摇动。她在向小女孩示好。

小女孩看样子很喜欢宝宝，拿没吃完的鸡腿喂她。宝宝犹豫了一下，以迅雷不及掩耳之势叼走了那个美味，迅速向我跑来。与此同时，商店里面发出一声断喝：哪来的野狗！敢偷吃东西！话音未落，从里面跳出来一个满脸横肉的中年男人。他看了一眼愣在那里的小女孩，穷凶极恶地从墙角抄出一根木棍。情况不妙，我赶紧迎上去，从宝宝嘴里叼下鸡腿，带着宝宝迅速向前跑。那个愤怒的男人看我们越跑越远，无奈地慢慢停住了脚步，骂骂咧咧地回去哄小女孩了。

成功获得了食物，宝宝却没有一点儿成就感。她自言自语地说，我很喜欢那个可爱善良的小女孩，可我刚才的行为是不是欺骗了她！没得到鸡腿之前摇尾示好，得到以后拔腿就跑，我是不是太没有良心了？宝宝露出一副很懊恼的样子。

我理解她的心情，我们在任何时候都不愿意欺骗人类，虽然我们的祖先是狼，在我们身上至今还残存着一些狼性，可人类驯化我们已经一万多年了，一万年是什么概念？一万年是几代人？又是多少代狗？我们和人类的友谊也许可以用这样一句话来概括：上帝创造了人，看到人类如此孤独，于是又创造了狗。

我和宝宝沿着大路往前走。我抬头看看天，蓝蓝的天空白云飘。城郊的自然环境比城里好多了。人类太能折腾了，吃不饱的时候想填饱肚子，填饱肚子又想穿好衣服，穿上了好衣服吃上了山珍海味又想着更奢侈的生活。在人类身上，欲望是无止境的，像一个无底洞，怎么填也填不满。人类就这样吃着越来越高档的食品，身体健康问题却越来越大，脑溢血，心肌梗死，癌症……一些从前没有的病现在到处可见。不错，人类是我们的朋友，但人类缺少反省精神。金钱支配着整个社会的运转，人人都在向钱看，人人都奢望掌控更多可支配的资源，直到把大自然破坏得面目全非。可怕的是，这种情况至今还在继续。有钱的人越来越多，穷人也越来越多。我的主人就是为了摆脱贫困才来到城市，成为城市的流浪者。

想到这里，我不敢确信刚才看见的到底是不是他。这个城市里和他一样的乡下人实在太多了！也许我刚才看到的只是他们其中的一个。但不管他是不是主人，我只能本着有枣没枣都要打一竿子的想法去碰碰运气。

宝宝看到我若有所思的样子，调皮地拨弄我一下。她越来越惹人怜爱了。真庆幸我能在孤单的城市碰到她，我相信像她这样纯真的狗在城市已经不多了。我要把她带回乡下去，给她幸福的生活。

## 十

郊区风野，刮起来飞沙走石，耳边呼呼生响。大路两旁的建筑越来越少，往远处看，也没有出现什么工地。我开始怀疑自己的耳朵和眼睛刚才是不是出了什么问题？平整延伸出去的大路出现一个交叉路口，我四顾茫然，不知道该往哪个方向走。

或许我们应该在这个地方停下来，看看有没有下一辆公交车开来。宝宝说。

在四岔路口等了一会儿，果然看到同样的一辆公交车出现在左边路口。我看了一下，正是刚才的那辆车，它又开回来了。我由此判断终点站就在附近，我的主人可能就在附近的某一个地方。我不由自主地加快了脚步。路旁停着一辆红色的小汽车，从它跟前走过时，我看到小汽车在微微晃动，从里面传来呼哧呼哧的喘气声。宝宝问我那个车子怎么了，我笑笑，或许是有人在里面偷情。她好奇地回头去看。我拍拍她的脑袋，快走，太阳已经落山了，天很快就会黑下来，我们最好在天黑之前找到工地。

远远的，我看到了三个塔吊，再近一点，我听到了塔吊发出的吱吱呀呀的声音。还听到了工人敲击钢管声。工地！我飞奔起来，宝宝也加快了脚步。

喧闹声越来越强烈，我看到几栋高楼笼罩在绿色的防护网中。或许主人就躲在防护网后面的某个角落。因为情绪激动，我撞开了一扇小门，一下子跃了进去。

工地一片繁忙景象，塔吊不停转换着方向，吊起放下，放下吊起。搅拌机发出轰隆轰隆的响声，几个工人正在不停地往里面加沙子和水泥。没有人注意我，我急切地在工地上找来找去，看不到主人的影子。我在一个角落静静蹲下来，等待吹哨收工。我知道只要收工哨音一响，主人就会出现在去食堂打饭的人群里。

宝宝探头探脑地靠过来，紧紧夹着她那条漂亮的小尾巴。

她有些胆怯，工地对于我们来说太大了。她在我身边蹲下来，大气也不敢喘。我让她放松点，不要紧张，没有人会注意我们。

她点点头，说了句：这工地真大！你当初就是从这里被主人带到广场的吗？

我看看四周：没错，正是这里，你看见厨房旁边那棵杨树了吗？当时主人就是把我拴在那里的。工头每次瞅见我都说，真想煮了它吃狗肉！主人怕他们真对我下黑手，才迫不得已把我丢在广场上的。

宝宝不说话，愣了一会儿，问我：我们要等到什么时候？

快了，他们就要收工了。我话音刚落，收工的哨声终于吹响了。搅拌机停止了轰鸣，塔吊完成最后一个动作，静止在半空。几分钟以后，灰头土脸的工人们陆续从防护网里走了出来，脸上都带着疲倦和收工的喜悦。

我在人群中搜寻那张熟悉的脸，一伙人过来，没有他，又一伙人过来，还是没有他。我站立起来，因为紧张而大口大口地喘粗气。宝宝受到我的情绪感染，也坐立不安起来。当又一伙人走过来时，我终于看到了他，我的主人！他还是穿着那件红衬衫，他一个人走在队伍的最后面，闷闷不乐，或许他在这里很孤单。我发出两声呼唤，快速向主人跑去。工人们猛然在工地发现两条狗，都奇怪地停下脚步，愣愣地看着我和宝宝奔跑。主人也愣住了，他呆呆地看着我一点点跑近，紧张地瞅瞅周围，突然弯下腰，做出摸石头的样子。我停了下来，宝宝开始往后跑。我们最害怕人弯腰，这个动作意味着对方要向我们发起攻击。我心里一阵悲凉，主人已经不认识我了！是我的样子变得太厉害？还是因为我带着宝宝一起回来？主人看了我一会儿，说了句：哪来的两条野狗！工地不是不准养狗吗？我彻底失望了，他把我当成了野狗。我朝他呜咽，想用声音唤起他的记忆，可是没有用，他仍旧呆呆地和我对峙着。工人们开始起哄，有人说，打死他们，今天晚上吃狗肉！还有人说，对，对，听说这城的狗肉最好吃。他们说着开始就近摸起砖头或钢管。宝宝因为恐惧发出了阵阵哀鸣，我看了一眼主人，他没有任何反应。宝宝提醒我快点逃命，我低吼了一声，带领宝宝向大门口冲去。人群咋呼着，快追，快追，别让它们跑了……我和宝宝不顾一切地奔跑，在跳出大门的一瞬间，我回头看了一眼，已经看不到主人了，后面是黑压压的一群想吃狗肉的人。

一口气跑出二里地，我们总算逃脱了。宝宝惊魂未定，喉咙里发出阵阵呜咽。我看看渐浓的夜色，四周一片寂静。

## 十一

我们顺着公路往回走，穿行在夜色中。这个城市温差大，夜晚有点冷。凉飕飕的风迎面吹来，不知道是因为寒冷还是害怕，宝宝不时将发抖的身子靠近我，我能感觉到她暖暖的气息，或许她是想以这种方式来安慰我。我们来到那个小商店，宝宝提出来去那里避避风，我同意了。我们在商店屋檐下卧了下来。宝宝大概累坏了，顾不上地面冰凉，把整个身子都伏在上面，疲倦地闭上了眼睛，有气无力地说，我们今天就在这里过夜吧，明天再回城。我点点头，正好利用这个夜晚思考一下下一步的行动，今晚我必须做出决定，是向西走回乡下还是继续前行回城里。

这时，商店里面传来一阵小孩的哭声，哭了两声又安静下来，或许小女孩做噩梦了吧。过了一会儿，又听到男女悄声说话的声音，一会儿就变成了吱吱呀呀有节奏的碰撞声，夹杂着男女的喘息。我看看宝宝，她已经睡着了。我集中心思回忆着从乡下来这城的路。可是我怎么也记不起来确切的路线，因为一直躺在卡车上，我没有机会在路上留下任何标志。如果是在往常，我会不断地大便或小便，把粪便洒满路途，我们狗就是靠这些嗅迹行走的。所谓的“狗记千，猫记万”其实就是这么回事。没有了标识，只能靠记忆。除了大致的方向，我什么也记不得了。夜半时分，商店里的男女主人各出来撒了一泡尿。男人的尿很粗犷有力，尿液射在地上像下冰雹一样啪啪直响。女人则要委婉得多，哩哩啦啦地像春天落下的几滴春雨。他们回屋以后不久，我也睡着了。经受了一整天的奔跑和打击，我确实有些精疲力竭。

黎明时分，我被一辆疾驰的汽车惊醒，看看身旁，没有了宝宝，焦急地四下寻找，看见她正蹲在路边咳来咳去。我跑过去，问她怎么了。

她摇摇头说不知道。

你不会是病了吧？昨天折腾了一天，夜里又那么凉。

宝宝迟疑地说或许我怀上了小狗，我刚才撒尿的时候感觉不对劲，而且特别想吃东西，往常我胃口可没这么大。

我心里一阵惊喜，你是说你怀上了我的孩子？是真的吗？

宝宝点点头。

我发出一声吼叫，兴奋地围着宝宝转来转去，哈，我就要做狗爸爸了！我突然想起了小青，她也应该有了我的孩子，如果不出意外，孩子们早就应该出生了。我爱抚着宝宝，沉浸在即将做爸爸的快乐幸福中。

我从商店后面的垃圾堆中叼回来半个馒头，宝宝吃了两口，放下了。我知道她想吃骨头，可在这荒郊野外的，哪里有骨头啊？要吃也只能回到城里去。我旋即意识到，我们短期内回不了乡下了。宝宝怀孕以后，身子会越来越重，不能长途跋涉，而且她需要不断地补充营养。看来，我们别无选择，只有返回城里了。我们最好能在城里度过这个夏天，等宝宝生下小家伙再做回乡下的打算。

回城的路略显沉闷。我极力讨好宝宝，想让她快乐起来。但她始终没有露出一点儿快乐的神情。她说自己很担心我们是否有能力将孩子生养长大，我们没有主人，没有落脚的地方，只能流浪在城市广场，这样的环境是不允许我们生养小宝宝的。

宝宝的担心不是没有道理，作为母狗，她想得比我周到。我们必须在城里寻找一个相对安全稳定的落脚点。可俯仰整个城市，哪里可以放得下我们的家呢？想来想去，只有一个办法，离开广场，寻找一个贫民居住区，只有那里，才是一个相对安全的地方。这城的那些高级社区是不允许流浪狗出现的，据说生活在那里的狗胸前都挂着一个牌子，那上面不但有狗的姓名，还有主人的名字和住址，这是他们的“身份证”。我们这些没有“身份”的流浪狗只能在贫民区活动，那里的人对待我们的态度要比富人好得多。问题是在城里找到一个能落脚的贫民区也是很不容易的，大多数的贫民区都已经被流浪狗占据了，我们想进去恐怕要付出血的代价。为了宝宝，为了我们的孩子，我决心投入一场争夺地盘的战斗。

贫民区一般都分布在城乡接合部。中午时分，我和宝宝来到最近的一个贫民社区。我仔细观察了一下社区规模，这是一个很大的社区，大约有上百人的样子。里面的房子大都破烂不堪，大大小小的窝棚搭建得到处都是。这种混乱正是我们所需要的。我往前走了走，宝宝提醒我注意右面。一条肥壮的老狗站在那里，吐着红通通的大舌头，用极不友好的眼光看着我。他判断不准我是路过还是要故意挑衅，正在犹豫要不要招呼同伴。我又往前走了两步，他警觉起来，发出两声低吼，警告我退后。我站住了。这时，三条壮狗一起出现在老狗身后，他们对我和宝宝怒目相向。我知道必须放弃这个地盘了，这里早已经被他们占领了。我一步步往后退。还好，他们只是为了逼退我，不想发起进攻。我带着宝宝继续寻找下一个目标。

贫民区都是连在一起的。走不多远，又一个破败的小区出现在眼前，这个比刚才的还要破旧。与其说是社区，不如说是村落，也许这样的小社区更容易占领。我们成功地进入社区腹地，一路上没有遇到一条流浪狗，只看到几个无精打采的老人和小孩，他们根本不注意我和宝宝。我暗自惊喜，今天运气不错，没费多少工夫就找到了一个落脚的地方。我们成功地穿越了整个社区，来到最边缘的一个荒废的破屋框里，那里面堆满了干草，正好做我和宝宝的“家”。我让宝宝在这里先休息一下，我去附近垃圾堆里找点吃的。贫民居住的地方一切都是无序的，我走不多远就看到一袋垃圾，但那里面除了干草叶，什么也没有。再往前走，我在路边找到了一小块鸡骨头，这块骨头差不多已经被风干了，没有一点儿油水。尽管如此，这仍是我和宝宝今天难得的美味。要知道这是在城里的贫民区，这里不像城市中心到处都是“营养丰富”的垃圾。

我叼起骨头往回走，刚走近破屋框，就听见宝宝的呼救声。我快速跑进屋，一条不要脸的黄毛流浪狗正把宝宝压在身下，欲强行交配。我怒不可遏地扑上去，一下子咬住那个流氓的耳朵，把他从宝宝身上脱下来。他身体十分强壮，被我咬得急红了眼，呜呜吼叫着进行反扑。这是一场势均力敌的恶战。我左右腾挪，企图再次咬住他，但他很灵敏，躲开了我的进攻。我的脸上已经被他抓破了两处，隐隐作痛。我们搏斗了半天，没分出胜负。他不想恋战，瞅准机会逃脱出去，站在远处恶狠狠地看着我和宝宝。我用前爪挠挠脸上的血痕，这个家伙下嘴够狠的，不过，他也没占到便宜，他的左耳朵差不多快被我咬了下来。我们对视了一会儿，他掉头跑开了。

我看看宝宝，她向我发出两声哀鸣。我安慰她说，没事了，那个家伙不敢再来了。宝宝低头哭泣，说以后你千万不要再丢下我了，刚才如果让那个流氓得逞了，我们的孩子肯定就没了。我点点头，把骨头叼给宝宝。她慢慢啃咬着。我环顾四周，以后这里就算是我们的家了，宝宝将在这里生下我们的孩子。我清楚地知道，随着宝宝的肚子一天天大起来，我保护她的任务也越来越艰巨。

## 十二

我盼望着这个夏天能过得快一点。如果不出意外，宝宝将在秋天来临的时候产仔。这些日子，宝宝明显缺少足够的营养，总是处于半饥半饱的状态中。我想去远一点的地方给她找点好吃的东西，可我又不敢把她单独留在贫民区，她惧怕那条红着眼睛的流浪狗。我只好天天陪着她，在社区附近寻找食物。我偶尔会在贫民区的路上见到一两只游荡的母鸡，当时就恨不得扑上去抓住他们给宝宝吃，后来还是忍住了。我知道一旦自己那样做，人类很快就会意识到我和宝宝的危险，他们会把我们赶出贫民区或者干脆将我们杀掉。有时候我还偶尔会在路边草丛中发现喜欢抱窝的母鸡下的蛋，如果周围没有人，我就大着胆子把鸡蛋叼给宝宝。这样的事情多了，喜欢抱窝的母鸡见了我个个都鼓起红红的眼睛，一副恨不得吃了我的样子。

天气越来越热，社区里能吃的东西越来越少，我和宝宝的日子越来越不好过。宝宝开始和我一起到处寻找食物，像所有怀孕的母狗一样，她脾气变得暴躁，浑身上下充满了攻击性，也不再惧怕那些企图占她便宜的流氓狗。我担心宝宝会因为营养不良而影响到产仔。她这么瘦小，能安全度过产仔的危险期吗？可恶的是，那条曾经想欺凌宝宝的黄毛狗还不时过来挑衅，我极力对他的恶意挑衅报以善意的回应。可这个家伙不领情，把我的退让和忍耐看作软弱可欺，常常把一些死老鼠或者病死的家禽放在我和宝宝的周围，他想毒死我们。我真担心宝宝会忍不住饥饿去吃那些不干净的东西，因此不得不更加警惕地守护着她。

难熬的夏天终于过去了。天气重新变得凉爽起来，再有几天，宝宝就要产仔了，这几天，我想多给她弄点好吃的，让她加强一点营养，为生产做最后的准备。我想去城里的街区看看，那里饭店林立，可以找到大量的骨头。为了不让宝宝担心，我准备偷偷行动，等晚上宝宝睡熟了，我再出去。

这天晚上宝宝睡下以后，我悄悄走出我们简陋的家，观察了一下四周，一切都很安详。我向街区走去。城乡接合部不比市中心，这个时间早已经没有了白天的混乱和喧嚣，连路旁的小商店都打烊了。路灯发出昏黄暗淡的光芒，照着惨兮兮的马路。我加快了脚步，我必须在宝宝醒来之前回到她身边，不然她会担心。我穿过一条街区，闻到了许久没有吃到的肉香。我据此判断，附近肯定有肉食店。我循着肉香走不多远，果然看到一家还亮着灯的熟食店，店门口放着一个巨大的垃圾桶。四个喷云吐雾的男人在垃圾桶旁边聊天边打麻将，他们中有两个人在不时地打着哈欠，我准备在角落里静静等候，等他们散去我再去翻检垃圾，我猜测那里面肯定有不少大骨头，这些骨头足够我和宝宝吃好几天。

除了噼里啪啦的麻将声，周围很安静。我不禁担心起独自在家的宝宝来，她不会出什么事吧？

半小时后，四个人终于散了，店主关门熄灯。等灯光一灭，我嗖的一声蹿了出去，直奔垃圾桶。与此同时，另一条狗也从相反的方向扑了过去，原来这里早就被盯上了。因为太突然，我们都被对方吓了一大跳，对峙了一会儿，谁也不敢轻举妄动。我担心宝宝，不想耗时间。扑上垃圾桶抢骨头。他也扑了上去。其实我们根本用不着争抢，这里的骨头足够我们瓜分。我一口气抢了五块骨头，不想再争了，再多我就无法带回去了。和我争抢的那个家伙已经红了眼，嘴里不时发出呜呜的威胁声，想独自霸占那些骨头。我找来一个塑料袋，用嘴将那些骨头放进去，叼起袋子快速向贫民区跑去。我想象着宝宝看到这些骨头时高兴的样子，她一定会很惊喜，她很长时间没吃到这样肥美的大骨头了。

我穿过街巷，听着耳边呼呼的风声。开始起风了。我嗅到了潮湿雨水的味道，那个破屋框遮挡不了多少风雨，我更加担心起宝宝来。离宝宝越来越近了，我突然听到了几声惨叫，那是宝宝的声音！我顾不上那些骨头了，扔下塑料袋，向破屋狂奔。

宝宝早产了。她屁股底下淌了一大摊血，看上去十分痛苦，她大睁着眼睛无助地望着我，那眼神充满了绝望。我想上前帮助她，却不知道该怎么做，只好眼睁睁地看着她垂死挣扎。宝宝的叫声由大到小，渐近于无。我大声呼喊：宝宝！坚持住！坚持住！宝宝！

宝宝紧闭着眼睛，气息微弱地说：我不行了，我生不出来，我对不起你！宝宝哭了。我满面泪痕地跑出去，把装有大骨头的塑料袋叼回来放到宝宝面前，声嘶力竭地喊：宝宝！你看我给你找来了好多大骨头，你最喜欢吃的大骨头！你睁开眼看看啊！宝宝有气无力笑了一下：不行了，我没有一点力气了……

宝宝死了。

一个炸雷在我头顶滚过，豆大的雨点瞬间就砸了下来。我跪在茫茫的雨中，对着夜空，嗷嗷哀鸣。

# 狗殇

——动物叙事之三

*1. 去往果园的路充满孤独。*

*2. 在这个人满为患的人世间，一条狗的死去或许根本不值一提，就像一片树叶的枯萎和坠落，悄无声息。*

——题记

## 一

在老主人的叙述里，我是被狗贩子抓走的。对此，大主人很不以为然。他不相信老主人的话。他以为是老主人杀死了我，为此，他还专门向小主人求证。但小主人并不知道真相。小主人是一个可怜的孩子，他今年才上一年级，在他八岁那年，女主人就走了。她去了天堂，带着一身的病痛去天堂了。我就是在女主人去天堂那一年来到这个破败的家的。

两年前，这个家又来了一个新女主人。就是从这个时候开始，大主人便有些不太相信老主人了。包括我的死，他也不相信老主人的说法。我很理解大主人的心情。但现在，我不想继续纠缠于“死”这个话题。人类中有一位智者说过“未知生，焉知死”，因此，在弄清我是怎么消失的这个问题之前，我们还是先说说我是从哪儿来的吧。

与人类比，我们狗类对时间的概念不是很强。大概是十年前，我刚出生才三个月，就被老主人从妈妈身边抱来了。在我的记忆中，我有六个兄弟姐妹。我们的妈妈是一位英雄母亲，她是苹果园的守护者。苹果园是附近一个部队的果蔬基地，里面到处都是穿着军装的人。偶尔有几个农民穿行在他们中间，那是在果园里做小工的麻庄人。

在我被抱走之前，我做梦都不会想到会和他们中的一个胡子拉碴的人发生关系。他是在这个果园里做工时间最长的一个麻庄农民，可能正是因为这一点，他和这个果蔬基地的部队首长混得很熟。那天，妈妈出去巡逻了，留下吃饱喝足的我们在果园深处嬉戏。我看到那个下巴长满胡须的人在和一个军人聊天：把那窝狗崽子送给我一只吧，抱回去陪孩子玩，孩子一个人怪孤单的。

军人笑了笑：这可是部队军犬的后代，生性凶猛，不太好养。

那个人坚持说：狗通人性，怎么养怎么长。

军人点点头：那你现在就选一只吧，趁着“猎鹰”不在。

“猎鹰”是我妈妈的名字。

于是，我就被抱走了。那个胡子拉碴的人成了我的老主人。

离开果园以后，我感到了孤单。一开始很不适应新环境，但我毫无办法。虽然我的血统纯正，脑袋后面长着反骨，我们天生不服管不服输，但作为刚刚出生才三个月的幼崽，我毫无反抗老主人的能力。好在有小主人对我的疼爱。他和我一样，再也无法得到妈妈的呵护。我们同病相怜。老主人把我抱回来以后，就不再管我了，彻底把我交给了小主人。因此我和小主人成了好朋友。

大约一个月以后，我从老主人和小主人的谈话中得知，妈妈和我那几个兄弟姊妹都死了。他们是被毒死的。妈妈吃了有毒的兔子肉，死得很惨。“幸亏我把这个崽子早抱了来，不然也会被毒死了。”老主人对小主人说。小主人蹲下来抚摸我的头。我喉咙不停地发出呜咽声，为死去的亲人悲痛。小主人不知道从哪里拣来一块大骨头，想以此来安慰我。

在小主人的悉心照料下，我长得很快。等到冬天来了，呼呼的北风刮起来的时候，我已经长成了一条壮实的大狼狗。虽然我的年龄还小，可我高大的身躯已经很能为小主人在伙伴们面前虚张声势了。小主人生性胆子小，常常把我带在身边。有了我，他再也不用担心有人敢欺负他了。

快过年了，村里面到处都飘满了肉香。老主人家里依旧没有肉吃。女主人死后，他们欠下了一屁股债，老主人辛苦地赚钱就是想早一天把借人家的钱都还上。因此，他们省吃俭用，很少吃肉。只有等到读大学的大主人放假回家时，老主人才难得地做上一锅白菜炖肉。大主人是老主人的骄傲。他考上了大学。老主人说他光耀门楣。

大主人第一次看到我，对我很友好。他和小主人一样，最喜欢抚摸我的头。他是一个沉默寡言的人，很少说话，常常一个人站在那里发呆。或许是受到老主人和小主人的影响，我对大主人十分敬重，在他面前走路都是小心翼翼的。靠着我灵敏的嗅觉，我闻到了大主人身上有一股特别的味道。我不知道那味道来自哪里，但我可以肯定的是，那是不同于这个家的气味。

新年终于到了。

新年这天落了一场雪，雪下得很大，把我的窝都压塌了。半夜里又刮起了风，掀翻了窝顶上的茅草，我冻得直流鼻涕，三番五次地去推小主人的房门，都没有成功。刚被老主人抱回来时，小主人曾经搂着我睡过好长时间。后来，我长得稍微大一点时，老主人便不让我进小主人的屋子了。

幸亏这天老主人起得早，打开了屋门，我赶紧躲进温暖的屋子里。

老主人叫醒两个儿子，让他们赶紧起来，去给村里长辈们磕头拜年。大主人很利索地起床、刷牙、洗脸。小主人却还在那里呼呼大睡。我蹲在他的床前，用舌头舔他的脸，他还不醒。这时，外面响起了密集的鞭炮声，我从小就害怕这个东西，吱溜一下子钻到了床底。小主人起床看看我，说了句：胆小鬼！又睡了。

几分钟后，鞭炮声消失了。我从床底下钻出来，看到大主人已经准备去拜年了。他大概知道小主人起床无望，对老主人说了句：还是我一个人去吧，让弟弟多睡一会儿。

## 二

小主人一直睡到太阳晒屁股时才起来。他起来的第一件事就是重新给我搭建了一个窝。这次，他不再用茅草，改用了几片废弃的瓦砾。看到他对我如此疼爱，我幸福地围着他的屁股转来转去。

来主人家拜年的人陆陆续续来了不少。主人家族很大，在这个村子里是首屈一指的大户，大主人拜年要花去不少时间，直到临近中午时，他才气喘吁吁地回来吃饭。吃饭时，他和老主人谈起开春养兔子的事。

大主人说：爹，开春你就别去果园干活了，就养几只兔子吧，现在搞家庭养殖很赚钱的。

老主人沉吟着说：你在读大学，你弟弟这么小，明年也要上学，养几只兔子能供得起你们吗？

大主人说：我刚才拜年的时候去后院四姥爷家看了看，他养了一百多只兔子，一年剪四次兔毛，能赚好几千块呢。养兔子可比你干杂活轻省多了。

大主人说的那个四姥爷我见过，他是一个非常精明能干的老头，一个老中专生，在村里算是一个小知识分子。或许正是因为这一点，大主人和他走得很近，只要放假回来，总要去找他聊一聊。他几年前就开始养兔子，听说发了一笔财。

我曾经到他家里去过，是隔壁的小黑带我去的。小黑是一条母狗，总喜欢和我待在一起。那天我们只是在四姥爷家的兔棚前转了转，本想吓唬吓唬那些白绒绒的家伙。还没得逞，就被四姥爷拿棍子轰了出来。老头咬牙切齿地数着棚里的兔子，确信没有什么损失，恶狠狠地对着我和小黑吼了句：下次再敢来，看我不打断你们的狗腿！

嗨，这老头，以为我们是要去吃他的那些宝贝兔子！

看样子老主人已经同意了大主人的提议，他已经蹲在屋前开始谋划建兔棚了。小主人不知道去哪里了。我去茅房看了看，那里有他刚刚拉过的一坨屎，看样子不会走太远。

趁着老主人不注意，我从门缝里溜了出来。或许是担心我也会像我的兄弟姐妹一样被毒死，老主人一般不让我单独出门玩耍，所以我很少有这样自由自在的机会。小黑大概听到了我的动静，也从院子里溜出来。

小黑长得不算太漂亮，她那一身乌黑油亮的狗毛也并不是我钟情的类型。但考虑到她对我的忠诚和爱戴，一直不忍心拒绝她。

总的来说，小黑是一条好母狗。她的屁股很大很温柔。我们已经有过不止一次的交配经历，奇怪的是她一直没有怀上我的种。

现在的她刚刚梳妆打扮过，一身狗毛干干净净，屁股舔得很性感。可惜现在这样冷的季节不适合交配，不然，我倒是很乐意骑上她的屁股。

小黑嗒嗒嗒地跑到我面前，很温柔地舔了两下我的脸。

我故意讽刺她：你也不装得淑女一点，这么直接也不害臊。

小黑红了脸，看看四周，确信没有别的狗，娇声娇气地对我说：人家喜欢你嘛，你又不是不知道！谁让你是全村最英俊的公狗呢！

我笑笑，为自己能得到这样的夸奖感到骄傲，说我是这个村庄所有狗类中最英俊的一个并不为过，因为我是军犬的后代，长得高大威猛不说，我的身材和五官都是无可挑剔的。我为自己纯正的血统感到无比自豪。

已经立过春了，天气仍然很冷。或许是刚下过雪的缘故，空气中弥漫着一股潮湿的味道。我和小黑来到村子最边缘，蹲在一块稍显干燥的空地上，闭上眼睛晒太阳。

小黑知道我不敢走得太远。用不了多久，小主人就会发现我离开了院子，一定又会到处找我。

主人的家在村东，几乎算是最边上了。再往东就是那个果园。我常常站在这个地方，向着东方眺望。我很想去果园看一看，那是我出生的地方。

看着懒洋洋的太阳，我禁不住打了一个哈欠。

小黑用前爪挠挠我的尾巴：怎么，昨天睡得不好？

我抬抬前爪：别提了，我的窝被风刮塌了，冻了大半夜，幸亏我身体好，才没有感冒。

小黑嘿嘿笑出声来：你不是说你的小主人特别疼你吗？怎么不给你造一个结实一点的窝？

我很讨厌她用这种口吻和我说话，便不再搭理她。小黑自讨没趣，站起来抖抖身子，走了两步，又偎到我的脚边，嗲声嗲气地讨好我：我知道你为何喜欢蹲在这里，你想到那个地方去，可你又不敢，对不对？小黑用嘴指指东边隐约可见的果园。

我的心思被她猜中了，低下头。

你想去就去嘛，你这么强壮的身体，难道还害怕吗？小黑给我打气。

我摇摇头：不是我害怕，我是担心小主人会因此而生气。他一找不到我就会很伤心。他和我一样，也是一个没有妈妈的孩子，我不想看到他无助的样子。

小黑点点头：你到果园去，是不是想去那里找你的妈妈和兄弟？

我叹了口气：我是想去看看他们。我听老主人念叨过，他们被毒死了以后，那些当兵的在果园深处给他们修建了一个坟墓。

小黑听了我的话，眼睛有些湿润了，头偎在我的胸前，嘴里发出呜呜呜的哀鸣。

这时，两条游手好闲的公狗慢慢向这边靠过来。我认得他们。高大一点的那个叫懒熊，胖得直喘的那个叫赖皮。两个家伙不务正业，整天欺负村里那些老弱病残的狗类。我早就想找个机会教训他们一下，一直没找到借口。今天，这两个家伙自己送上门来了。

我推开小黑，毛发和耳朵都竖立起来，嘴里发出呜呜呜的威胁声。

懒熊和赖皮很识趣，远远地站在原地，和我对视着。小黑有些害怕，她觉得两个家伙是冲着自己来的，她从两个家伙的眼睛里看到了交配的欲望。

对峙了几分钟，懒熊朝我挥挥前爪，很客气地说了句：别紧张，我们闲得无聊，出来逛逛，没有什么恶意。赖皮也摆出一副嬉皮笑脸的样子：就是就是，大过年的，大家少安毋躁。小黑碰碰我，示意我躲开他们。我没理她，朝着懒熊和赖皮喊：你们两个赶紧走开，离这儿远点。两个家伙互相看看，瞅瞅胆怯的小黑，再看看我愤怒的样子，灰溜溜地转身走了。

看着他们走远，小黑夸我：你真厉害，几句话就把那两个耀武扬威的家伙吓跑了。哪像我，见了他们，都是立马就跑，哪敢和他们理论。

我推开小黑：他们威胁过你?

小黑脸色一红：懒熊威胁过，但没得逞。

我哼了一声。

作为狗类，我知道没有必要为这事生气，几乎所有的母狗都不会只和一条公狗交配。这是我们狗类的生活习惯。别说小黑没和懒熊怎么的，就是发生过又能怎样?想到这儿，我不免有些悲观失望。

我很孤独。我对小黑说。

小黑眨巴眨巴眼睛，听不懂我说的话。

我又说了句：我很孤独。

小黑依然无动于衷。

也罢，她只是一条没有经历过什么坎坷的母狗，或许根本不懂什么叫作孤独吧。但我，确实常感到孤单无助。就像我的主人一样，总是处于无边的恐慌和无奈当中。

我必须到果园去看看。

# 三

自从女主人得了怪病，老主人就开始孤独了。这孤独在女主人死去那一刻达到了顶峰。失去母亲，大主人和小主人也变得日渐沉默起来。大主人心里还有着无限的愧疚，对于母亲的离去，他痛不欲生。小主人虽然还小，但他眼睁睁看着瘦弱的母亲一天天干枯，终于撒手西去，那痛苦是丝毫不亚于大主人的。何况，他还是个孩子。他的童年为此蒙上了一层无法消除的阴影。每当看到别的孩子在母亲怀抱中幸福快乐地嬉闹时，小主人心中都充满了苦楚和凄凉。或许，他的那种孤独只有我懂。因为我们遭遇到了同样的悲惨：都在童年失去母爱。

孤独就像一个无边无际的黑洞，吞噬着这世界上所有的一切。在这个巨大的黑洞里面，你们人类不过是一粒微不足道的尘埃，而我们这些狗类，连一粒可怜的尘埃都算不上。

或许你已经看出来了，我是一条爱思考的狗。在这一点上，我很像大主人。他是一个喜欢思考的人。他思考时常常眉头紧锁，微微闭着眼睛。我知道他在用思考对抗孤独。他的孤独一方面来自母亲的离去，另一方面还源于精神的无助。在他读大学的日子里，他每次回家都会悄悄去女主人的坟地，在坟前一站就是大半天。虽然他的脸上看不到泪水，但我知道他的心正在哭。母亲的坟头永远地压在了他的心头。

我捕捉到了小主人的脚步声。我对小黑说我该回家了，小主人来找我了。正沉浸在温暖阳光里的小黑睁开惺忪的眼睛，四下里瞅瞅：没看到那个男孩啊。我笑笑，站起来。

这时，一个弱弱的声音传来。那是小主人。

今天是新年，他穿了一件新衣服，是老主人给他买的。这身天蓝色的球衣小主人很喜欢，村里的很多小伙伴在去年就穿上了这样的衣服。我拍拍小黑的脑袋：走吧。小黑嘟囔着：这才出来多长时间啊，你真没有自由！看她还不想走，我不再搭理她，跟着小主人，摇着尾巴，一颠一颠往家跑。

家里很安静。大主人正在睡觉。老主人正在院子里摆弄一堆碎石块，我猜他是在为盖兔棚做准备。他看到我和小主人走进来，对小主人说：你在家看门，我出去一会儿，等你哥睡醒了，你们自己下点饺子吃。小主人知道他要出去串门，找他的几个兄弟去喝酒。老主人一年忙到头，也只有过年这几天才能闲下来。小主人很懂事地叮嘱他：爹，你别喝得太多了，早点回来。老主人笑笑：我不能喝多。他出去了。小主人不相信他的话，摸着我的脑袋自言自语：看吧，回来的时候准又是醉醺醺的。我抬抬前爪，表示同意。

小主人探头看看呼呼大睡的大主人，笑着对我说：你看他还打呼噜呢！我呜咽了两声，附和着小主人笑。他在我面前蹲下来，噘起嘴巴：喏，又剩下咱们两个了！

我理解小主人的心思。其实他现在特别想出去玩耍。远处传来小伙伴们隐约的嬉闹声，他们大概是在玩捉迷藏吧。

自从女主人走了以后，小主人一般都待在家里。他是一个乖孩子，懂得老主人要出去做活，他要在家里看好家。我看他孤单落寞的样子，用嘴咬他的鞋带，想逗他开开心。此时，我多么希望能有小伙伴到家里来陪小主人玩。可自从女主人离开以后，村里的小伙伴似乎都商量好了一样，不再主动来找小主人玩了。小主人为此很落寞。他没有一个知心朋友。他最要好的伙伴就是我。而我，只是一条刚刚长大的狗。

忽然，我听到小黑发出一声求救的惨叫。声音来自不远处，好像就是我们刚才晒太阳的地方。小主人似乎也听到了，侧起耳朵来看着我。我朝他呜咽。他听懂了我的哀求，挥挥手：走，去看看！我像得令的将士，一个箭步蹿出门外。

已经晚了。

我看到小黑正被懒熊压在身下，他们的身体已经连在了一起。此时，懒熊正在得意地做着交配的动作，目光迷离地看着我，两条腿紧紧箍住小黑的屁股，嘴里发出愉悦的叫声。小黑一开始还试图挣扎，可她很快就放弃了。赖皮躲在懒熊的身后，嘴里流着口水，跃跃欲试地想沾一点便宜。懒熊龇牙咧嘴地对着他吼叫：滚远一点！

看着眼前肮脏混乱的一切，我摇摇头，走开了。

小主人也看到了刚才的一幕，在村里长大的孩子，经常碰到动物交配的场景，见怪不怪了。他看我垂头丧气的样子，调皮地笑笑。他大概不知道那条被懒熊压住的母狗曾经属于我。如果我愿意，此刻和她交配的应该是我而不是相貌丑陋的懒熊。

今天真是晦气!

恼恨的是，不远处谁家突然放了一挂一千响的鞭炮，吓得我一激灵，差点连憋了半天的尿都喷出来了。

我抬起左腿，把一泡热腾腾的尿液喷射在一棵老树的根部。因为受了点刺激，我的宝物过于坚硬，这泡尿喷得太高，把树根下一窝蚂蚁浇了个措手不及。对于这些可怜的家伙来说，我的这一泡尿基本上就相当于决堤的黄河长江了吧。

跟着小主人回到家，我安静地蹲在自己的窝旁，眼睛盯着院子里的一片树叶，心里乱糟糟的。小黑和懒熊交配的情景不时地在我眼前闪现。或许，从此以后，我再也不会搭理小黑了。对我来讲，小黑不过是一只能解决性欲的母狗。

我知道村里的好母狗有很多，我应该找一只比她优秀百倍的纯种母狗来做伴侣。我打算等春暖花开时，就出去寻找心爱的母狗，和她交配，让她怀上我的崽。但我不知道，那时是否能够找到自己的最爱。

唯一可以肯定的是，春天来临时，小黑会为懒熊生下一堆狗崽。

## 四

两位主人吃饺子的时候，总不忘给我扔过来几片饺子皮。特别是小主人，常常偷偷地连皮带馅地扔给我。芹菜肉馅的饺子很香。在主人家，除非过年，平时很少能吃到如此美味的食物。

这天直到很晚，老主人才摇晃着身子从外面回来。小主人已经睡下了，大主人在看书。他看到老主人醉醺醺的样子，心里既生气又难过。他很清楚老主人心里的苦，尤其是在这样举家团聚的日子，老主人的凄苦更是无以摆脱。没有了女主人，这个家处处显得凄凉。其实，大主人不知道，老主人时常在半夜里惊醒，小声地呜咽。有时候，他会悄悄地到女主人的坟前，在那里抱头痛哭。每当这时，我会悄悄跟着老主人，陪着他哭完，再悄悄地跟着他回来。

这天夜里，老主人又去了坟场。我远远地盯着老主人的身影。他的身体在一颤一颤地抖动。他今天哭得很伤心。边哭边用手抚着女主人坟前的两棵小树，嘴里小声念叨着含混不清的话。大约过了半个时辰，老主人停止哭泣，抖抖索索地从衣兜里掏出一根烟，抽出火柴，点上，小口小口地吸着。吸完一根烟，他慢腾腾地站起来，拍拍几近麻木的双腿，迈着沉重的脚步往家走。

听到老主人睡下了，我回到了自己的窝。迷糊中，我梦到了死去的妈妈和几个兄妹。猛然惊醒后，便再也睡不着了。这期间，我听到小主人说了两次梦话。隔壁的小黑出来撒了两次尿，尿声很碎，哩哩啦啦的，我由此推断，她可能怀上了懒熊的崽。

或许，我不应该责怪她，她只是一条普普通通的母狗，她要交配，要生狗崽，这是任何一条母狗都有的天性，谁也无法责备她。我只是希望，她能顺利地产下一窝狗崽，那狗崽能长得英俊一点。想到这里，我竟然睡着了，还做了一个离奇古怪的梦，在梦中，我变成了果园里的一棵小树。

时间过得很快。转眼间，大主人开学了。他走了以后，老主人和小主人便忙活起来了。他们购置了两地排车的砖瓦和水泥，用来打制兔槽。

兔棚的规模不是很大，前后建了四排，每排大约有三十几个兔窝。算下来，足够喂养一百多只兔子了。兔棚建好以后，四姥爷送来二十只母兔和两只公兔，手把手地教老主人如何给兔子喂食、饮水，如何判断兔子是否生病，应该如何调养等。四姥爷说这些话的时候，我就蹲在他的脚边，抬头盯着他一张一合的嘴巴。他的胡须都白了，而且很长，他喜欢不时地用手捋一捋。

这二十几只兔子给小主人带来了不少欢乐。那些小母兔平时很老实，一身白绒绒的长毛蜷成一团，煞是可爱。他们的眼睛红红的，像是受到了很大的委屈哭了很长时间似的。因为初来乍到，他们一个个都很乖巧。不老实的是那两只公兔，瞪着通红的眼睛，不安分地跳来跳去。熟悉了一遍周围的环境，他们的胆子愈加大起来，对着那些小母兔龇牙咧嘴，发出叫声。毫无疑问，他俩到这里来的主要任务就是给那些母兔配种。对他俩来讲，拥有这么多母兔大概是一件十分惬意的事吧。

凡事都讲究先来后到。

我比这些毛茸茸的家伙们早来几个月，理应得到他们的尊重。趁着主人不注意，我时不时地在他们面前耍耍威风，以此显摆一下老大的地位。这些家伙对我还算礼貌，基本上都采取了惹不起躲得起的态度。但那两只公兔对我则有些傲慢，他俩常常故意在我面前和发情的母兔们调情，这让我大为光火。作为报复，我常瞅冷子破坏一下他们的好事。这样较量了几个回合以后，他俩终于服软了。

不妙的是，小主人对新来的小兔格外关注。这让我有些不太舒服。以前他只对我好，现在却把大量的心思花在了那些白绒绒的家伙身上。特别是当老主人把照料这些兔子的任务交给小主人以后，他大部分时间都在给这些可恶的家伙们弄料换水。他刚刚八岁，做这些十分吃力，在给兔棚最上方的那些兔子喂水时，他要踮起脚尖，一不小心槽里的水就会飞溅到头上。这时候，我总是干着急，帮不上忙，只能朝着那些兔子吼：都老实一点！

小主人喜欢和那些兔子说话，那些话以前他只对我讲，现在，他和我的交流越来越少了。不过，我对此并不着急，我知道小主人总有一天会开始讨厌那些白绒绒的家伙。他们吃喝拉撒全在一个地方，把兔窝搞得臭气熏天。他们身上弥漫着一股腥臊味，屁股上面常常粘着脏兮兮的草料。奇怪的是，这些生活邋遢的家伙却特别喜欢洗脸，就像隔壁家经常过来挑衅我的那只老猫一样，两只爪子总不闲着，一会儿洗脸，一会儿理毛。

和兔子待得时间久了，我渐渐熟悉了他们的生活习性。这些家伙晚上比白天活跃，尤其是那两只公兔，一到半夜就满院子到处乱窜，这里嗅嗅，那里闻闻。除了我的窝，他们几乎把主人的院子嗅了个底朝天。我一直期盼着能看到他们交配的情景，可恶的是，那些母兔总不发情。

## 五

天气越来越暖和。

老主人又出去做活了。他是一个闲不下来的人。他总喜欢在女主人的坟前念叨，要努力挣钱，供大主人读完大学，明年还要让小主人去上村里的小学。他要把两个孩子培养成识字的人，让他们走出村庄，去过另一种生活。

因为过于劳累和孤独，老主人越来越喜欢喝酒，一次比一次醉得厉害。我能体会到他心里的苦楚。每天做活回来，面对孤苦伶仃的小主人，他总是觉得不是滋味。每当夜深人静的时候，我常常听到老主人沉重的叹息，那叹息声很重，砸到地上能砸出好多坑。

前些时日，不断地有好心人来试探老主人，问他是否想再续一个女人。老主人总是摇头叹息说孩子他娘还没走远呢，我没有那个心思。看老主人态度坚决，好心人只好作罢。他们心里很清楚，时间就是案板上的菜刀，孤单的日子一天天摞起来，摞到一定时候，老主人或许就会松口了。

随着天气转暖，院子里的那些母兔终于开始蠢蠢欲动了。

到了夜里，发情的母兔常常会撞开兔门，偷偷溜到院子里来，迫不及待地和公兔交配。作为好奇心重的狗，我对他们的这种事情特别感兴趣。和我们狗类比起来，兔子的交配过程未免太过简单。公兔追上母兔，母兔也不做太多的挣扎，很顺从地往地上一趴，公兔骑上母兔后背，几秒钟的工夫不到，就大功告成了。这样的速度也太让我失望了。

失望归失望，每次看到那些家伙干那事，我都会受到一点刺激。每当这时，就感觉裆部发紧，有想撒尿的冲动，恨不得抓一只母狗过来。但这绝对是不可能发生的事情。隔壁的小黑肚子已经变得臃肿，她现在变得特别凶恶，不让我靠近一步。怀孕的母狗都是如此，敏感得很。

母兔进入集体发情期，他们在我面前公然交配的次数越来越多，终于让我忍无可忍。我下决心，去找一只母狗。

我希望去果园。

我知道那里一定有我的同类。我的血统纯正，和我交配的母狗血统也一定要纯正高贵。我下决心去果园了。

但小主人把我看管得很严。

他大部分时间都在家里照料兔子，一眼看不到我就到处找，我不忍心让他着急。偶尔，他会带我出去溜达一圈，等于是给我放一会儿风，但我无法借此机会溜掉。我估算了一下，从村子到果园，就算是全速前进，也得二十分钟，加上还要在那里逗留寻找，没有半天时间根本不行。

我期盼着小主人早点去上学。

小主人早就该上学了，村里和他年龄差不多大的孩子几乎都去了村里的小学校。小主人知道家里生活很艰难，他不能和其他小伙伴们比。他也知道老主人供大主人读大学已经很吃力了，所以他一直都没有主动提出来要去上学。可是，再过几个月小主人就九岁了，再不上学就真的被耽误了。老主人一个人偷偷去小学校给他报了名，回来把这个消息告诉小主人，小主人高兴地蹦了起来。但他随即就冷静下来，问老主人：爹，我要是去上学了，谁来帮你看管这些兔子？老主人笑笑：不碍事，早晨我来喂它们，你放学回来再给它们添点草料就行了。

从现在开始，小主人每天都憧憬在上学的快乐当中了。

夏天是兔子集中繁殖的季节，兔棚里几乎所有的母兔都怀上了小兔。有几只发情得较早，马上就要生小兔了。老主人心情很激动，如果一切顺利，经过这个夏天以后，他喂养的兔子总数就能达到一百多只了。

为了节省养兔子的成本，小主人每天都会去野地里割草，一割就是一大捆。他知道自己割得越多，节省下来的饲料就会越多。而且兔子特别喜欢吃新鲜的草料，一大筐的青草一会儿就被他们吃了个底朝天。

闲着没事的时候，我喜欢蹲在兔棚前，看那些毛茸茸的小家伙吃东西。他们可真能吃！看他们嘴巴小小的，还以为吃不了多少东西呢。实际上他们吃东西的速度很快，嘴巴抿来抿去，一大堆草料转眼间就被他们消灭得一干二净。

随着上学日子的临近，小主人的心里越来越兴奋、紧张。不知道是不是因为女主人走得过早的原因，他的胆量一直都很小。平时在村子里，他从不招惹其他小伙伴，都是别人欺负他。他在外面受了委屈，回到家从来不说。我来到这个家以后，这种情形得到了一些改变。有我跟在小主人的身后，哪个小王八蛋都不敢惹他。

这天，小主人摸着我的脑袋问我：小狼崽，我上学了你就不能跟着我了，你说学校里的小伙伴会不会欺负我？不等我表态，他又自言自语地说：我觉得应该不会，学校里有老师，他们不会让这种事情发生的。

小主人的担心提醒了我。凭我的直觉，小主人在小学校里受人欺负的事情肯定无法避免。我该怎么办？怎么才能保护他？小学校肯定不会让一条狗随便出入的。

这个问题难住了我。

心里装着事，夜里老睡不安稳，一点点动静就会把我吵醒。这天后半夜，我醒来后再也无法入睡，索性站起来去墙角撒了一泡尿。撒完尿正准备回窝，突然看见一只硕大的老鼠正在偷偷搬运老主人堆在屋檐下的玉米。他大概也看见了我，抱着膀子站在那里犹豫了一会儿。我以为他会放弃，但他没有。这让我有些恼怒——这只可恶的老鼠根本没把我放在眼里！或许，他的眼里只有猫。按照我的脾气，是不想狗拿耗子多管闲事的。再说我讨厌老鼠身上的味道，那种来自地下的霉味常常让我感到恶心。但那只老鼠的傲慢态度激怒了我。我抬头看看天空，一弯明月悬在天空，清幽的光辉像一层浅霜铺满整个院落。光线很好，正是发动攻击的好时候。我一个箭步冲上去，一巴掌就把那只傲慢的老鼠拍昏了过去，他连求饶的机会都没有就软绵绵地倒在那里。我不解恨，又用前爪使劲拍了两下，直到老鼠完全气绝身亡。小黑听到这边的动静，问我发生了什么事？我说抓了只耗子。她嘲笑我做了一回猫先生。我不理她，把这只硕大的老鼠拖到主人的屋门前，以便让他一开门时就能看到。干了一件狗拿耗子的闲事，我心里很舒坦。

接下来更睡不着了。我支起耳朵捕捉周围的动静。母兔们都睡了，两只公兔在院子里蹦来蹦去。刚才我捉老鼠的时候没看到他们，估计是躲起来了。老主人的鼾声震天。他最近的睡眠质量不错，大概是因为白天干活太累的缘故。小主人又在说梦话了，声音时大时小，最后只剩下迷迷糊糊的呓语了。隔壁的男女也就是小黑的主人今天夜里又折腾了许久，我听到了女人压抑的呻吟和男人粗鲁的喘息。他们总是选择在下半夜折腾。我估计明天早上，女人照例要比男人早起一会儿，很精心地给男人弄一碗鸡蛋茶，再大方地滴上两滴香油，满面笑容地端给男人。这是对他夜里卖力的犒劳。

过日子离不开女人。尤其是乡下人的日子，没有了女人，就没有了味道。就像老主人一样，总感觉是在一天天的对付，没有任何的乐趣。

第一窝小兔的降生给老主人带来了短暂的希望和快乐。我第一次看到母兔生小兔，本来以为那会是一件很费劲的大事。一窝兔子至少会有四五只，想象中母兔会经历很多痛苦。哪里想到那只小母兔根本就没费多少力气，一边吃着青草一边就把一窝小兔生了下来！我听到小主人在激动地数着：一只，两只……六只！一共六只！我蹲在兴奋的小主人脚边，他每数一只小兔就拍打一下我的脑袋，拍得我眼冒金星。

这是一个阳光灿烂的午后，太阳光很温暖地照在小主人的身上，他的整个身体都沐浴在金色的光晕之中。

## 六

时间真是一个奇怪的东西。本来我是不相信什么“日久生情”的鬼话的，但现在我信了。原因很简单，由于天天生活在一个院子里，我和那两只非我族类的公兔成了好朋友。那两只公兔本来没有名字，小主人依照他们体形的大小，分别称他俩为大胖、小胖。大胖个头大一点，看上去也健硕得多，毛也比一般的兔子长，有些卷曲。小胖的体格尽管不如大胖，毛发也没有大胖好看，但就得到母兔宠幸的程度而言，小胖并不比大胖差。小胖似乎天生就具有讨好母兔的本领，很会和母兔调情，营造交配的氛围。由此，我推测那些大腹便便的母兔肚子里，大都是小胖的后代。

在这一点上，大胖看得很开。他有一次告诉我说：作为公兔，我们活得太累，太没有意思了。每天醒来就那一件事，不断地舔母兔的屁股，骑上她们的后背，给她们输送种子。这种日子真是乏味得很。所以，我很乐意让那个乐此不疲的家伙替我多干点活。愣了一下，他又说：伙计，你大概无法想象除了吃喝就是交配的生活有多黑暗，我算是厌倦了，真想和你换换工作。看你整天在院子里眯着眼晒太阳，自由自在没有压力，多好！

听了大胖的诉苦，我只有苦笑。这个家伙是身在福中不知福，有吃有喝，还有三妻四妾，这是神仙才能过的生活，他还不满足，真是兔心不足蛇吞象、世风日下。

大胖对我的反驳不以为然，他认为我们物种不同，彼此根本无法沟通。他只是在不停地重复着一句话：当你的生活中只剩下没完没了的交配时，你会感觉到孤独。

然而，小胖的看法和大胖明显不同，他认为作为公兔的主要价值就是为母兔输送种子，繁衍后代。这是生命义务，也是天职所在。他教导大胖：不要把交配看作单纯的机械运动，你要细心体会这其中的乐趣，把每一次交配都当作第一次来对待，享受过程，享受生命。每次听到这样的话，大胖总是耸耸肩膀：问题是我无法把每一次都当作第一次，这是在自欺欺人。

这种无谓的争吵听得多了，我常常没好气地训斥他俩：你们这是饱汉子不知饿汉子饥，过着神仙日子还不满足。如果你们也能体会一下我的生活，大概就不会有这些无谓的埋怨了。

听到我这么说，他俩同时瞪大了眼睛：伙计，你过得不是挺好吗？清心寡欲，悠闲自得，没有任务和压力，这不是理想中的美好生活吗？

我无语了。

但从这次谈话开始，我和大胖、小胖的交流多了起来。他俩喜欢不停地说话。在我看来，这是孤独症的表现。孤独的人有两种迹象：一是沉默不语，一是滔滔不绝。前者不愿敞开胸怀，后者没有自信。这两个可怜的家伙，因为没完没了的交配工作而变得日益孤独了。

和大胖、小胖相反，母兔们依旧很快乐地生活，该发情的发情，该生小兔的生小兔，该交配的就去找大胖、小胖。他们都不愿意近距离地接触我，每次见到我总是敬而远之躲得远远的。我也很讨厌他们身上的味道，一般也不去逗弄他们。偶尔，我会故意吓唬一下那些试图跑出兔棚的家伙。他们一开始很害怕，后来也就慢慢习惯了，知道我并没有什么恶意，便摆出一副爱理不理的样子来。有一次，一个荒诞的念头在我脑袋里一闪而过：我会不会喜欢上一只母兔？

当所有的母兔基本上都生下一窝小兔以后，天气便开始转凉了。炎热而潮湿的夏季终于日渐远去，代之的是秋高气爽和天高云淡。

几个月以来，我一直怀抱着去果园寻找同类和祭奠父母以及兄弟姐妹的梦想。这梦想实现的日子随着小主人背起小书包而日渐临近了。从小主人背上书包的第一天起，我就悄悄地谋划起去果园的路线图。我必须让计划尽可能地周密些，因为我很清楚到果园去的风险有多大，地形条件不熟不说，更重要的是那里还有其他军犬，他们肯定不会轻易放我进去，必须想办法绕过他们。

小兔日渐长大，兔子规模不断扩大，养兔的成本随之增加。尽管老主人比以前更加劳累，打小工挣的钱却连给兔子买饲料都不够。为了省钱，主人几乎不吃什么菜了，即使偶尔炒一点菜，油水也很少。伙食不好，连累到我的生活质量。好长时间了，我连一滴油星都没有见到，更遑论肉和骨头了。有几次小主人特意用省下来的一点菜汁为我泡了一大块煎饼，那已经是最好的美味了。

庆幸的是，这种艰难不久就得到了改善。

## 七

剪兔毛是一件需要耐心的技术活。在四姥爷手把手地指点下，老主人初步掌握了剪兔毛的技巧。剪第一只兔子的时候，老主人有些手生，一会儿剪到兔子的耳朵，一会儿剪到兔子的尾巴。我看到那只可怜的母兔不停地在主人手里挣扎，嘴里发出咝咝咝的叫声。其他兔子都缩紧了脑袋，老老实实地趴在自己的窝里，不敢动弹。大胖、小胖也没有了往日的威风，很不情愿但又无可奈何地等待着老主人的那把大剪刀。

那是一把特制的兔毛专用剪刀，比一般的剪刀锋利得多，而且个头很大，在剪兔毛的时候会发出咯吱咯吱的声响。伴随着这声响，一片片白色的兔毛哗哗飞落。在老主人的眼里，那铺满一地的不是兔毛，而是小主人的学费。

不到三天工夫，兔棚里所有的兔子都变成了裸体动物。看着他们滑稽可笑的样子，我忍不住偷着乐。大胖、小胖跑到我面前来诉苦说老主人的心太急，我们的毛还不够长，就被剪掉了。而且剪得有点狠，留下来的毛太短，根本遮不住肉。

我仔细观察了一下，确实，他们身上只剩下肉嘟嘟的粉红色，个别地方还有明显的血痕。我安慰他们：主人要用你们的毛换钱养家，大家多体谅一点吧。

大胖、小胖不以为然地回答：你是站着说话不腰疼，让主人把你身上的毛也剪了去试试！

我笑笑：如果主人愿意剪，我当然乐意！

见我如此表态，大胖、小胖都不说话了。

卖掉第一批兔毛，老主人的脸上出现了笑容。看来，大主人的眼光是对的，养兔子的确比打小工赚钱轻省。

天气转凉，去果园的计划在我脑袋里越来越成熟。现在，连院子里的那些母兔都知道了我要去果园的计划，她们看我的目光因此充满了不解和不屑。我知道在她们眼里，眼下的生活就是最好的，没有必要再去冒什么险。

这天半夜，隔壁的小黑生下一窝狗崽。和那些母兔一样，她并没有费什么劲，只发出了两声哀鸣，五只小狗崽子就生下来了。做了母亲的小黑性格变得异常温顺。对她来说，繁殖并哺育狗崽是她的全部事业。在这方面，她做得很好。狗崽们出生的第二天，懒熊来过一次，他隔着大门瞅了瞅自己的种，心满意足不无炫耀地朝我嘶叫了两声。之后的几天里，懒熊不断地给小黑弄来一些骨头或肉片。看来，这个家伙并不是想象中那么没肝没肺。

有一回，或许是出于母性的本能，也或许是为了安慰我，小黑用嘴叼着一只刚睁开眼的狗崽，让我隔着大门看看小家伙的模样。小黑说，五只崽子只有两只像懒熊，其余的都和这只一样有点像你。我看了看那条刚睁开眼的小崽子，小家伙懒洋洋地边叫边舒展着身子，对着我虚张声势地龇牙咧嘴。

他们不可能像我。我对小黑说，你和懒熊交配后生下了他们，他们是懒熊的后代。

小黑羞涩地笑笑：我虽然被迫和懒熊干了那事，但心里一直装着你，所以崽子长得像你也有道理嘛。

我挥挥前爪：别扯淡了，没有这样的道理。

小黑有些委屈：我听女主人成天在她刚出嫁不久的女儿面前唠叨，说什么怀孕时要经常想想孩子他爹的模样，这样生出来的孩子就会更像他！以她的道理，我的崽子就该长得像你。

我笑笑。

不管怎么说，眼前这只像老鼠般吱吱叫着的狗崽还是很可爱的。

我明白小黑的心思，她是想让我停止去果园冒险的行为。她想暗示我，她完全能为我生一窝可爱的狗崽。但她不明白，对于我这样的军犬来说，保持血统的纯正是很重要的。如果我和普通的母狗交配，产下的一定不是纯种狼狗。所以，我到果园去，除了寻根，还有一个主要的目的，就是去寻找我的同类。

去果园的机会终于来了。

不出我所料，小主人上学以后，果然受到了欺侮。他告诉老主人，学校里有两个不务正业的捣蛋鬼老是欺负他。他们一开始在学校里找茬，被老师训斥一顿，不敢了。后来就在放学的路上堵他，打他的头，有好几次了。老主人听了很气愤，要去学校里找老师理论。小主人哭着说：你去找他们还不如让小狼跟着我去上学，这样只要他们再捣乱，我就让小狼咬他们。老主人点点头，抚摸着我的脑袋，恶狠狠地说：再看到有人欺负小主人，你就去咬断他们的腿！我呜呜叫了几声，表示我的决心。

小主人去小学校要穿过整个村子，大概有三四里地。第一次护送小主人上学，我有些兴奋。我身躯高大，样子凶猛，村里人看到我都会有些紧张，所以，老主人一般不让我单独出来。我至今都没有机会巡视整个村庄，原因就在这里。趁着护送小主人上学的时机，我东瞅西望把村庄侦察了一遍。

时间尚早，村里大路上还看不到多少人。路边的树叶都落光了，只剩下光秃秃的树枝乱七八糟地伸展着。村庄渐渐苏醒，空气中弥漫着一股炊烟的味道。三三两两的小学生扎着鲜艳的红领巾在路上蹦着跳着，突然看到我都唬得张大嘴，小心翼翼地绕开走。小主人看到我的威慑力，心里很高兴，不时地拍着我的脑袋。

走了大约二十分钟，来到了学校大门口。小主人俯下身子叮嘱我：就在这里等着我！不准乱跑！他让我蹲在大门一侧的角落里，不仔细看根本看不到。安排妥当，小主人去上课了。铃声响过，小学校里迅速安静下来，隔着大铁门，我看到几个老师拿着粉笔盒各自去了教室，那里很快就响起了琅琅的读书声。

不知道是不是因为我的存在，这一天小主人并没有受到什么干扰。相反，其他小朋友都是远远地躲开我们。小主人对我竖起大拇指：你还真行，他们都被你凶恶的样子吓住了！

## 八

从此，护送小主人上学，成为我每天的固定功课，我也因此有了去果园的机会。从上课到放学，中间大约有三个多小时的时间，足够我在果园和小学校之间跑一个来回。这天，目送小主人进入教室，我又在墙角蹲了一会儿，确信没有什么意外情况会发生，撒开脚丫子就向果园跑去。

野外的风夹杂着尘土和沙砾扑打在脸上，有些疼。我目不斜视，俯身向前，直奔目标。跑了没多久，前面出现一堵厚实的水泥墙。这墙大约有两三米高，上面扯满了铁丝网。墙那边就是果园了！我把耳朵贴近墙根，仔细捕捉大墙里面的动静。我听到了风吹苹果树叶的沙沙声，也听到了军人的谈笑声，但没有听到同类的动静。我有些失望。沿着水泥墙向前走，边走边琢磨：或许他们就躲在果园的某一个地方。

我急切地奔跑着，想找到果园的入口。

周围都是青纱帐，我不用担心会被发现。要小心对付的是那些玉米叶子，它们的边缘非常锋利。如果不小心被它们划到了眼睛，会很疼。我急急地向前走着，迎面看到一窝野兔，他们被我的脚步声所惊扰，瞪着大眼睛，随时准备逃跑。我对他们说：伙计们，你们不用害怕，我只是路过。我指了指那道墙：我要到果园里去，你们能不能告诉我入口在哪里？

这窝兔子的数量庞大，为首的是一只灰黑色的公兔，他看我并无恶意，而且口气谦逊。一只狼狗可以如此礼貌地对他说话，大概让他感觉很有面子。他命令其他野兔原地待命，自己向我这边靠近两步，直立起身子，这样他就基本上可以和我保持平视了。他好奇地问我：你为什么要去果园？那里面并不好玩，到处都是当兵的，他们身上都背着枪，随时可能把你打死。

我笑笑，告诉他：我要去那里找我的同类，你应该知道如何进去吧?

他龇了龇牙：是的，我当然知道。某种意义上说，那里是我的一块领地，我熟悉那里的一切。不过……他停顿了一下，然后进一步提高嗓门：我还是奉劝你不要进去，那里面确实很危险。当然，你的身体很强壮，但你再厉害，也跑不过枪子儿吧?

我笑笑：快说吧，到底怎么才能进到里面去?

他见我态度坚决，叹了口气：既然你是非去不可，我就告诉你吧，继续往前走，你可以看到一个排水沟，我们都是从那里自由进出。排水沟里有一点污水，但不碍事。

得到了想要的信息，我不再和这只有点儿啰唆的兔子废话了，继续向前跑去。

跑了大约几十米，前面果然有一个排水沟，有秽浊的水从那里缓缓排出。我试着把脑袋探到墙底，只能进去半个脑袋。看来，此路不通。我只得继续往前走，寻找更大的入口。

密密麻麻的玉米叶子把阳光拆分得七零八落。我抬头看天，离小主人放学的时间不远了。今天只要能找到入口就算没有白来。明天直奔入口，可以节约不少时间。

又走了十来分钟，终于走出了玉米地。围墙在前面拐了一个弯，看样子离果园大门不会太远了。我听老主人说过，很久以前这片果园根本没有什么围墙，那时候果园四周都是密密麻麻的花椒树，这些花椒树充当着围墙的作用。要想到果园偷苹果，只要在花椒树枝间掏一个洞就可以了。水泥墙是附近的一个部队把果园改造为蔬菜基地以后才建的，这样一来，除了那些野兔，谁都无法进去了。

转弯顺着水泥墙根走了没多久，终于看到了果园的大门。门口站着两个背着枪的卫兵，表情严肃，目视前方。看来那只野兔说得没错，从这里进果园确实很危险。我在原地卧下来，思考着进去的方法。

我把脑袋端放在前腿上面，眼睛盯着那两个卫兵，耳朵随着周围的声响转来转去。或许可以趁卫兵换岗时混进去？这是我脑袋里冒出来的第一个想法。这个想法只冒出来一半就被我迅速否决了。那样做太危险，如果暴露，卫兵一粒子弹就会让我成为“烈士”。必须想一个更安全的办法。或许，我应该再沿着围墙走走，这么大的园子，不可能只有一条排水沟。想到这里，我站起来，抖抖肚皮上的尘土，继续前进。

为了不引起卫兵的注意，我远远地就避开了他们的视线，顺着一片绿油油的菜地匍匐前进。在那里碰到一窝偷吃蔬菜的野兔，我很想让他们像刚才碰到的那窝野兔一样给我指指路，但他们不等我靠近，就跑开了。我向前一步，他们就后退一步。我只好走开。走出去好远，我听到其中一只野兔说了句：这个可恶的家伙怎么从果园里跑出来了？！这话让我心中一喜，看来，果园里确有我的同类。我迈开脚步，大步流星地朝前跑去。

没跑多远，我终于又发现了一个排水沟。这个排水沟并不比刚才那个大多少，但这里没有水流出。而且土质松软，我用前爪随便刨了两下，刨出一个大洞。我试着把脑袋放进去，刚好可以看到里面的情况。看来，从这里可以进到果园去！

## 九

刚跑到小学校门口，下课铃声就响了。小主人从教室里出来，看到我气喘吁吁的样子，疼爱地拍打着我的脑袋说：你这个家伙，又跑去哪里了？课间的时候我来看你，发现你不见了，你是不是回家了？我朝天呜呜两声，算是对小主人的回应。几个小学生指着我，笑嘻嘻地说：看，这狗真懂事，还知道来接人！有认识小主人，知道怎么回事的，撇撇嘴巴说：真没出息，上学还要狗接送！小主人脸色涨得通红。我等待着他的命令，只要他一挥手，我就会扑到那个说风凉话的人身上，狠狠地吓唬他一下。但小主人很快就恢复了平静，他拍拍我：走，小狼，咱们回家。

老主人正在家里喂兔子。他最近心情很好。第一批兔毛带来了不菲的收益，大大地改善了家里的生活。他甚至已经开始筹划着用赚来的钱添置一两件新家具了。屋里的那一件大衣柜还是女主人嫁过来时置办的，算起来已经快三十年了。饭桌旁边那个菜橱门掉了半个，修了几次，还是掉，也不能再用了。眼看着年关将近，再剪一次兔毛就可以过一个轻省的新年了。

第一批繁殖起来的小兔已经长大，兔棚变得拥挤不堪。每到夜晚，那些不愿意去兔棚的家伙就满院子撒野，吵得我无法睡觉。大胖、小胖因为纵欲过度，身体严重发福。他俩的位置将很快被新成长起来的小公兔代替。我估计，最快到明年开春，给那些母兔下种的光荣任务就会落到更年轻的公兔身上了。这是自然规律，没有办法。

离过年大约还有一个月，那个媒婆样的老女人再次踏进了老主人的屋门。我听到她对老主人说着：走了那么久了，该续一个了，孩子还小呢，得有个人照料啊。冬天冷，也该找个暖暖被窝的。老主人脸红红的，犹豫着说：再等几年吧，咱这个条件，哪有人能看上啊。老女人说：这个不用你操心，天底下三条腿的蛤蟆不好找，两条腿的女人多得是。找不着黄花大闺女，咱还找不到二茬子嘛。老主人终于被媒婆的热情和不烂之舌说动了心，在那里痴痴地笑着。

我知道，用不了多久，这个家就会有一个新的女主人了。她会不会很凶？她能不能对小主人好？她会像以前的女主人那样照顾好这个家吗？我蹲在窝前，看着眼前那些蹦来跳去的兔子，皱着眉头做思考状。我想起隔壁的女人曾经说过二茬子女人不好惹的话，禁不住担起心来。

冬天说来就来了，天气变得干冷，而且多风。一连几天，大风刮起来，漫天的浮尘，铺天盖地像遭了百年不遇的蝗灾。去果园的冒险活动因为天气的缘故不得不暂时搁浅了。要命的是，这种天气可能会持续很久，甚至直到开春。那样的话，这中间的大段日子将成为极为难熬的时光。

小主人放寒假以后，我护送他上学的任务也暂告一个段落。在和毛兔的朝夕相处中，我发现了一个奇怪的事情，在那些雪白的兔子中间竟然出现了几只灰兔。也就是说，这些兔子在繁殖过程中出现了变异！当初，第一批兔子被抱回来时，他们的毛都是清一色的纯白，身上没有一点儿杂色。但现在他们中间竟然出现了灰色的兔子！这个情况让我很费脑筋。我觉得一定是哪里出问题了。

老主人很快察觉到了这个情况。从他的角度来说，是不希望出现杂毛兔子的。收购兔毛的人曾专门叮嘱过：毛色越纯，价格越高，杂色兔毛只会降低养兔的收益。所以，一旦出现杂色兔种尤其是杂色公兔，最好的办法就是尽快将其剔除。我仔细观察了一下，在所有的杂色兔中，只有一只灰色公兔。老主人盯住他已经好长时间了，我估计这家伙凶多吉少。眼看就要过年了，老主人或许会把他宰了当下酒菜。据说，兔子肉是很鲜美的。如果老主人真把这个家伙炖了，我也能跟着解解馋。正是出于分一杯羹的美好想法，我看那只健壮的灰兔的眼神也禁不住有了些幸灾乐祸。

兔死狗烹，此言不虚。

可是，情况很快就起了变化，那只名叫大灰的兔子并不是一个只知道坐以待毙的傻蛋。他从周围的空气中嗅到了危险：公兔们排斥他，母兔们远离他，主人嫌弃他，连我这个旁观者都在盘算着啃他的骨头。都说狗急了要跳墙，兔子急了也跳墙。有好几次，他试图逃出院子，都被我及时“阻止”了。跑了几次都没有成功，这个家伙并不放弃。硬的不行就来软的。他做出一副可怜兮兮的样子，哀求我放他一条生路。我态度坚决地摇了摇头，我告诉他这事不可通融，只有主人放话，我才敢放你。屡试无果，这个家伙终于失去了耐心，对我吼：你这条愚蠢透顶的看门狗，怎么这么没有狗性！难道你真想眼睁睁地看着主人把我吃了？这样对你能有啥好处？我笑着回答他：我可以吃你的骨头！

对于我的固执，大灰干生气没办法。看他实在可怜，我有话没话地安慰他：嘿，伙计，或许你没有那么惨，主人对你的肉可能没什么兴趣。他不相信这些话，懊恼地说：主人一定会吃了我的，因为我是个杂种，我的毛不值钱。更要命的是，我还是一只公兔，为了遏止杂种兔子蔓延，主人肯定会杀了我，我现在恨不得能把自个儿阉了！那样或许就安全了！

我大笑。

看不出来，这个家伙死到临头还能有幽默感。我问他到底是怎么回事，你身上的毛咋变成了灰色?

他低下脑袋，嘴巴上下左右翕动着，半天才无可奈何地说了句：你问我，我问谁?我到现在都不知道我为什么长得和其他兔子不一样！我连自己是怎么来的都弄不清楚！但我知道自己快要死了。看着吧，主人早晚会把我杀了炖肉吃。可恶的是，你们都不帮我。

我被他的话说动心了。作为一条善良的狗，我从内心里是想帮他逃生的。就在我的立场已经开始摇摆时，大胖和小胖也过来为灰兔说情。他俩劝我多一事不如少一事，人说救人一命胜造七级浮屠，救兔一命至少也能胜造三级浮屠吧。你高抬贵腿，放大灰一马吧。他俩的立场让我有些奇怪，作为公兔，他们之间本来应该是竞争关系，这会儿咋又来说情了呢?

对于我的疑问，小胖提醒我：让那个倒霉的家伙尽快离开，对谁都有好处。兔急跳墙，如果他对那些不愿和他交配的母兔发动强攻，后果不堪设想。如再有一批小灰兔出生的话，老主人会被气死的。

我恍然大悟。

小胖说的有道理，我决定不再阻止大灰逃跑了。

## 十

大灰是从下水口逃出去的。逃走之前，他还特地到我面前打了声招呼，我装作睡着的样子，不搭理他。他朝我拱拱前腿：放生之恩，日后定会相报！说完，他飞快地钻出了下水口，逃之夭夭。

看着他逃去，我突然觉得有点儿对不住老主人。作为狗类，最大的优点就是忠诚。可我没能守住这个底线。要是主人察觉是我失职致使灰兔逃走，不知道他会有多伤心。因为老在琢磨这事，我一夜未眠，静静地等待老主人醒来。按照往常习惯，他醒来后的第一件事就是查看兔棚，哪只兔子有什么状况他一看便知。

可是，这天早上老主人起得很晚，首先发现了大灰逃跑的是小主人。他一开始不相信，四下里找了一大通，最后确认大灰不在院子里。他满脸疑惑地察看了一下下水口，又来到我的窝前，想查看一下是不是我把大灰给吃了。

最后，他脸色凝重地拍拍我的脑袋：小狼，你看到那只灰兔了吗？他是不是已经逃走了？我低下了头。小主人似乎明白了什么，再次拍拍我的脑袋说：小狼不要害怕，丢只兔子是很正常的事。

此时，老主人起来了。他听了小主人说大灰已经丢了的事，先是不相信地愣了愣神，重新到兔棚看了半天，又到下水口翻了翻瓦片，对小主人说：它可能就是从这里跑出去的！老主人说着看了我一眼，我心里咯噔一下，难道老主人猜到了？不知道是不是要替我摆脱责任，小主人接着老主人的话头说：跑就跑了吧，省得宰了！老主人苦笑了一下：本来还想着把它宰了当作一盘下酒菜呢，现在竟让它跑球了！

这事就这样有惊无险地过去了。

随着时间的流逝，我差不多已经把大灰遗忘了。过年这一天小主人在给兔子喂食时念叨了一句：也不知那只灰兔逃到哪里去了？他会不会饿死在野外？他的话让我想起了在果园周围碰到的那些野兔。或许，大灰会加入他们？如果那样，就再好不过了。更或许，回到田野才是大灰的理想幸福所在。就像我一心要去果园一样。

在苏北鲁南的乡村，从初一到正月十五都算是年，这期间，村里大多数人都会待在家里，不出去干活。他们的主要娱乐活动就是走亲访友，喝酒吃肉。农民一年忙到头，算起来也就是过年这些天能闲下来。这些日子，老主人喝醉过好几次。有一次，喝到半夜还未回来，急得小主人直哭。他抱着我的脑袋，不停地自言自语：小狼，你说爹会不会喝醉酒找不到回家的路？我们要不要去找他？小主人跑到大门口去看了好几次，根本没有老主人的身影。我很想出去寻找老主人，又担心小主人一个人待在家里害怕，他毕竟还只是个八九岁的孩子。

又等了一会儿，小主人从里屋找到一个手电筒，对我说：小狼，走，我们去找找爹，他可能是喝醉酒倒在路上睡着了，这么冷的天，他会冻坏的！我点点头，跟着小主人出发了。

外面一片漆黑，夜色像一堵巨大的墙硬生生地横在我和小主人面前。我们一步步向着夜色深处前进。手电筒发出微弱的光，照在离脚边不远的地方。走了大概十几分钟，我闻到了老主人身上特有的烟酒混合的气味。循着这气味往前没走几步，我看到老主人正躺在一棵老柿子树底下，他敞开着上衣，胸前有一摊秽物，散发出一股浓重的酒气。看着老主人昏睡不醒，小主人急得眼泪都出来了。他想把老主人扶起来，无奈力气太小，根本架不动。我帮不上忙，急得在原地打转。过了半天，老主人终于醒了。在小主人的搀扶下，跌跌撞撞地向着家的方向走去。

一进家门，老主人就一头栽倒在床上，不省人事。看着老主人酩酊大醉痛苦不堪的样子，小主人哭了。他想起了女主人活着的那些美好日子，那时候老主人从来不会喝这么多的酒，小主人也用不着操心这操心那，只管去玩。可是，现在不一样了。

过完春节没多久，媒婆样的女人又到家里和老主人说了一次。又过了几天，她领来一个中年女人。这个女人看上去并没有媒婆说的那样好看，个子也不算太高。媒婆陪着她在家里吃了一顿饭，吃饭时还把小主人拉到女人身边，让女人看了又看。小主人的样子有些尴尬，很不情愿但又无法反抗地坐在女人旁边。老主人红着脸看着这一切，默默无语。吃完饭，女人屋前屋后地又看了一圈，看到兔棚时脸上露出了笑容。

送走女人，媒婆偷偷对老主人说：成了，这事成了！她对你和这个家都满意，如果你愿意，她春分以后就能搬过来。你们可是适合的一对儿，她年前死了男人，有个女儿也出嫁了，你看这多好！

老主人仍旧只是笑，不作声。

媒婆看他不表态，有些着急地问：老大你到底怎么想的？你得给我个话。

老主人红了脸：我能有什么想法，只要人家不嫌弃咱就行！我就是担心她疼不疼孩子，二小子还小得很，可不能让他受了委屈，那样，我也对不住他早走的娘。

媒婆笑：我以为你担心什么呢，就这啊，你尽管放心，我早替你打听过了，人家那边是个好心肠，对孩子那是没说的。倒是她那个闺女，虽说已经出嫁了，但你仍得认真疼，毕竟人家是改嫁过来的，不能因为这个让那边的人戳咱的脊梁骨！

老主人说这个自然这个自然。

媒婆很高兴，那就这么说定了，春分过后娶新人！

老主人从衣柜里拿出一个事先包好的红包，递到媒婆手里，红着脸说：这些日子跑来跑去的，你赶紧收着这个。

媒婆也不客气，笑嘻嘻地说，我收着我收着，这是祖上传下来的规矩，咱不坏这个理。等办事那天，我再原封不动地送回来，算我的一份喜钱！

媒婆说完把红包揣到衣襟里，迈着碎步走了。

老主人很客气地把她送到了大门外。

小主人一直躲在屋里，摸着我的脑袋默默流眼泪。我知道他又在想妈妈了。

## 十一

开学以后，天气一天天变得暖和起来。我去果园的行动可以继续了。小黑不止一次地提醒我，抓住时机赶快行动。她还主动提议可以陪我一起去果园。我毫不犹豫地拒绝了她的好意。她是一条混血的土狗，和我不一样，她的一些做法我也不能认同。

小黑是一个乐天派，在她的生命中，没有理想这一说，该吃吃该喝喝，想交配就交配，过一天乐一天，从来不会委屈自己。或许小黑是一条幸福的狗。我有时候很羡慕她没心没肺的生活，每当这时，我就痛恨自己那些理想。我甚至会一遍遍地质问自己：你是谁？你以为你是个什么东西？你只不过是一条平平常常的狗而已！对一条狗而言，你谈什么理想，谈什么冒险，寻什么根问什么祖？你想繁衍后代随便在村里找一条狗好了，干吗非要去果园？

可惜，这样的质问不久就消散了。去果园的想法已经深入我的骨髓，再也无法抹掉了。

我终于又去了果园。

沿着探好的路径，我很快就来到了那个排水沟。和上次情况不同，这次排水沟里多了一汪水。我用前爪试了试，水不深，完全可以泅过去。我再次观察了一下四周，侧耳倾听了一下果园里的动静，确信没有任何危险，低下头，俯下身子，沿着那一汪水向果园游去。进入果园，眼前豁然开朗。一排排整齐的苹果树士兵一样整齐地站在那里，两排果树的空地上种着一畦畦绿油油的蔬菜，一片生机盎然。不远处，有一个塑料大棚，从那里不时传来说笑声，那是做小工的人在劳作。

我贪婪地看着果园里的一切，心里默默念叨着这就是我出生的地方吗？我的妈妈和兄弟姐妹以前就生活在这里吗？他们被毒死后就埋在果园的某个地方，可果园这么大，到底埋在哪呢？我迈开脚步，去寻找亲人们的坟地。

没走两步，突然听到一阵窸窸窣窣的声响，我赶紧俯下身子，警惕地侦察着周围的动静。一会儿，一只兔子出现在我的正前方，他看到我，愣愣地站在那里。我觉得这只兔子有些眼熟，朝他挥挥前爪，让他走开，奇怪的是他并不害怕，而是不慌不忙地问我：你是小狼吧？你怎么也从主人家跑出来了？难道主人也想把你宰了不成？我愣住了，眼前的这只兔子竟然是我放走的大灰！没错，是他，经过野外的生存，这个家伙变得更健壮了！

确定我的身份以后，大灰兴奋地在原地兜了几圈，充满疑惑地问我：你怎么敢到这个地方来？你不怕被当兵的抓住？

我笑笑：这里是我出生的地方，我来看看我妈妈的坟。

大灰点点头：可我来这里这么长时间，从来没在果园里看到过什么坟地啊。

我语气坚决地说：应该就在果园的某个地方，只是你没有注意罢了。

大灰叹口气，那好吧，我去召集我的同类，看看他们是不是看到过。你最好先在这里等一会儿，别乱跑，离这不远就有一只守护果园的军犬。说完，大灰一溜烟跑开了，田野的生活让他成为名副其实的野兔了。

几分钟以后，大灰气喘吁吁地跑回来，身后跟着几只清一色的灰兔。大灰告诉我，这些都是他的后代，他们曾经在果园深处看到过一个土堆，那或许就是我要找的坟地。

在大灰的带领下，我很快就看到了那个土堆。它就在一棵大苹果树下，坟头很小，周围围了一圈碎石块。我在土堆周围嗅来嗅去，试图嗅到和自己身上一样的气味。大灰为了不影响我，指挥着兔群四散开去，伏在不远处的草丛中为我放哨。我在土堆前趴下来，把嘴巴深深地埋进土里，我仿佛听到了妈妈的呼唤，闻到了她身上的气息，还有我那几个被毒死的兄妹，他们就长眠在这里。我呜呜地哭起来。

大灰悄悄靠过来，安慰我不要过于悲伤。我正要对他说感激的话，一阵狗叫夹杂着当兵的吆喝声由远而近。大灰失声叫道：不好！被他们发现了，小狼你赶紧跑，我和孩子们想办法引开他们！说着，大灰一个箭步蹿了出去，带领着队伍朝着排水沟相反的方向跑去。我来不及做任何思考，全速奔向排水沟。

大灰成功吸引了士兵的注意力，他们咋呼着抓野兔抓野兔，奔向大灰逃跑的方向。那只军犬却并没有上大灰的当，她紧跟着我向着排水沟方向跑。和我一样，这是一条纯种狼犬，她奔跑的速度一点儿都不亚于我。我必须以闪电般的速度钻出排水沟，慢了，就会被她咬到。但那个排水沟洞口太小，而且有水，我不可能那么快地钻出去。如果硬要试一下，就得冒着被狼犬咬到屁股的危险。斟酌了一会儿，我决定来个急刹车。追击者没有料到我会突然止步，打了个趔趄，差点撞到我的身上。她不停地对着我高声吼叫。

这是一条母狼犬，从她的体态可以看出来，她刚刚成年。我极力装出一副镇静的样子来：喂，美女，这里没有人，你就别叫了，安静一会儿吧。她愣了一下，旋即意识到什么，又虚张声势地叫了两声。叫完了质问我：你为什么侵犯我的领地？

我告诉她：我只是来看看妈妈的坟，我小时候是在这里出生的，我的妈妈和你一样，也是护园的狼犬，不幸的是，生下我不久，她就被毒死了。

母狼犬面有凄色：这么说，你真是来凭吊亲人的？

我点点头，你若不相信，刚才那些野兔可以证明。

我的话音未落，一阵密集的枪声从不远处传来。我心里一紧：不好！当兵的向大灰开枪了！

母狼犬朝枪响的方向看了看，对我说：你走吧，快点，一会儿他们就会过来了，你想跑也跑不了了。

我点点头，如果你看到那些野兔，请高抬贵腿放过他们吧。

母狼犬抬抬前腿，表示同意。

我转身钻进排水沟，出去以后，隔着墙壁向母狼犬致谢。她羞涩地回应了一声，叮嘱我赶快走。我问她的名字。她声音低低地告诉我：主人们都叫我小花。

哦，小花。这名字很好听。

我念叨着小花的名字，奔向村庄。

## 十二

新女主人嫁过来的那天，天空落起了小雨。我听到有人在小声嘀咕，办喜事碰上个阴雨天，多少总有些不吉利。在苏北鲁南的乡村，二茬子婚姻不被重视，老主人也就没有太张扬地置办了两桌酒席，只请了至亲的好友，喝顿酒了事。新女主人甚至都没有穿红戴绿，穿着件随便的衣服就过来了。大主人没有回来，他说功课紧张，还要忙兼职，没有时间。小主人倒是向小学校请了半天假，一个人安静地蹲在院子的角落里，默默地观察着周围的一切。我卧在他的脚下，感觉到他抚摸我的手有些冰凉。我看到有人往地上扔了一大块骨头，但我没有马上扑过去。与那块骨头的诱惑相比，小主人更需要我待在他身边。

中午的时候，酒席散了，雨也停了。家里重新恢复了平静。我听到两声钟响，那是从离村庄不远的一座年久失修的大寺庙里传过来的。我上次去果园的时候，路过那里，远远地看到寺庙院子里杂草丛生，一片破败景象。不知是谁在里面开辟了一块菜地，种满了油菜花，显出一点点金黄。我猜测这个时节的果园一定也是花团锦簇，异香扑鼻。我有点想念果园了。

吃过中午饭，小主人去上学了。我一个人待在院子里，啃那块香味扑鼻的大骨头。小黑闻到了骨头的香味，在大门口不停地兜着圈子，朝我低声吼叫。我不搭理她，只顾低头享用美味。小黑的叫声惹恼了新女主人，恶狠狠地用一根木棍把她赶走了。

老主人以前不大睡午觉，今天却早早地就躺下了。新女主人洗了把脸，插上屋门，也去睡了。

大胖、小胖一脸坏笑地看着我。我装作什么都没看见，眯起了眼睛。她俩讨了个没趣，去和母兔们追逐嬉戏了。我又一次感到了孤独。孤独感从嘴里的骨头开始，一点点渗入我的脾脏，血液，散布全身。

小黑又出现在大门口，尖尖的嘴巴伸到门缝底下，低声地呜咽着。我叼起未啃完的骨头，向大门走去。小黑尝到了骨头，很兴奋地朝我摆动起了屁股。

接下来的日子似乎又恢复到了以前。我安分守己地尽着护院的职责，偶尔会挨上一顿女主人的呵斥，因为我身上有一股异味。作为报复，我在她半夜上茅房时会故意大声吼几句。这或许让她很烦，但却抓不到什么把柄。

这天，她终于忍无可忍，一定要让小主人给我洗澡。她对小主人说，这条狗身上有虱子，再不洗会传染到人身上。小主人不说话，默默烧了点开水。他怕我着凉，不敢用冷水。但女主人却说他是在浪费柴火，给狗洗澡还用得着烧热水？她的话让疼爱我的小主人很不高兴，也让我很伤心。在她眼里，我只不过是一条看家护院的狗而已。孤独感又一次袭击了我。

新女主人的女儿来探亲了。我没打算给她好脸色看，想吓唬一下她。在她打开大门的一刹那，我极其凶恶地吼叫了两声，吓得她直哆嗦。新女主人没料到这一幕，呆站在那里。老主人反应快，顺手抄起一根棍子，大声呵斥我。我本来只是想吓唬一下她，给新女主人一点颜色看看。我没想到老主人如此震怒，赶紧夹起尾巴退回到窝旁。更让我没料到的是老主人会追着我打，他高高扬起了手中的棍子，结结实实地打了我几下。他下手很重，木棍落在我的腰上，痛得我一激灵，差点尿出来。老主人边打边呵斥着：我叫你咬人！打死你！我被打急了，朝他吼了一声。他更气愤了：你还敢对我吼，看我不打死你！

我很能理解老主人的动机，他之所以这么狠地打我，无非是要向新女主人表明这样一个态度：你看，我对你的女儿是很疼爱的！

或许老主人这样做是对的。我看到新女主人脸上露出了满意的笑容。

我突然又想去果园了。我觉得那里才是我应该待的地方。

老主人打我的时候，我想到了死亡。

人类中有人相信死后会有一个天国存在。作为狗类，是没有这样的想法的。我可以很明确地告诉你们，当我死去时，我很孤独，和活着时一样孤独。

狗的天国是不存在的，在这里，我没有见到我的妈妈，也没有见到我的兄弟姐妹。我本以为能在死后和他们见面，但事实上，他们根本不在这里。

或许，我们只不过是一粒微不足道的尘埃，随风飘散以后，就再也不会重新聚合了。我们漂浮着度过一生，然后彻底消失，不留一点儿痕迹。

那么，我到底是怎么消失的？大主人对我的死的猜测究竟对不对？

其实，我的死和果园有关。

这是我最后一次来到果园。

暖风拂面，果园里满是阵阵沁人心脾的苹果花香。我贪婪地闻着果园里的一切气味，鼻子里充满了花香混合着青草香的味道。我闭上了眼睛。忽然听到同类的脚步声由远而近。那是小花。我极其压抑地低吼了一声，这叫声很低，但我知道她能听到。那脚步声越来越近，越来越急迫。

我俯下身子，把整个身体都藏在草丛中。只露出半个脑袋，紧紧盯着正前方。

小花在不远处停了下来，定定地看着我。我从草丛中站起来，我们目光交汇，互相读出了来自心灵深处的渴望。我一步步向她靠近，控制着自己的喘息。她开始慢慢后退，我前进一步，她后退一步。我停下来，她也停下来。我立在原地，静静地等待着她。终于，她向前迈出了一小步，又迈出了一小步，终于来到我的身边，嘴里发出低低的呜咽。我们一起俯卧在草丛深处。

小花问我：这里这么危险，你怎么还要来？

我笑笑：这里是我的根，我喜欢这里的一切。离开这里，我会感到孤独。

小花点点头：这里到处都是士兵，就我一条狼犬，我也很孤单。那天，见到了你，突然觉得有了同伴，便感觉不再孤单了。

我从小花的话中听到了她对我的好感和依赖，我知道时机已经成熟。我用舌头舔她的脸，她幸福地闭上了眼睛。我慢慢站起来，用嘴碰碰她的尾巴。她一开始有些害羞，尾巴紧紧包裹着屁股，试图遮住潮汐般的体液。我继续温柔地舔她，她终于耐不住，尾巴高高翘了起来。我一跃而起，在小花的呜咽声中，我看到了此生最美的风光。

我是如此陶醉，以致对那颗子弹毫无察觉。我没有感到丝毫的痛苦，就一头栽倒在小花的身上。那时我们的身体尚未分开，我还沉浸在交配的欢愉当中。我至死都没弄清楚那颗子弹到底来自何方。

我就这样死了。死在了我魂牵梦萦的果园。临死的那一刻，我突然很想念老主人那双宽厚的大手，正是那双粗糙的大手把我从妈妈的怀抱中抱回了村庄。我想念小主人对我的疼爱，也想念大主人对我温柔的抚摸。我真想告诉他，我既不是被狗贩子抓走的，也不是被老主人害死的，我是为了寻找自己生命的家园而死的。死亡让我远离了孤独。从此以后，我不用再为如何去果园而费尽心思，从村庄到果园的那条小路上再也没有了我孤独的身影。我将长眠于苹果香气四溢的果园。永远。永远。永远。

## 狼王

——动物叙事之四

### 一

厚实的蒲草、错落的林木、凌乱的坟头，这就是我现在的领地——麻庄果园。说是果园，其实并没有多少棵果树。几十亩的荒园子几乎都被蓊蓊郁郁的松树所覆盖。因为位置偏僻，这里已经成为许多野生动物的乐园。我曾经在园子里捉到过松鼠、野兔、野鸡，还捉过两只狐狸。果园后面是一条河，河的两岸长满了苇草。

河对岸那个村子就是麻庄。我和麻庄人划河而治。我们彼此遵循“井水不犯河水”的千年古训。我一般不会去侵犯人的地盘，他们也轻易不来我的地盘——除了埋葬死人、祭奠亲人。

一个月前，我翻越了远处的那座大山，来到这个小山窝，发现了这个废弃已久的果园。依靠着本能，我立刻判断出这是一个栖身的好地方。在人类步步紧逼，到处都可以闻到人屎味的现在，我们狼族已经无处可去。我曾经带领过三十只狼，企图冲破人类的封锁，去寻找一片适合狼族生存的土地。悲惨的是，他们全都死于人类的猎杀，包括我最心爱的母狼白灵。作为他们的首领，我内心无比羞愧。我再也配不上狼王的称号。事实上，没有了狼群，我就是想当狼王也当不成了。

我深知人类的强大。我们不是人的对手，尤其不是猎枪的对手。基于这一重要认识，我迄今和麻庄相安无事。我努力克制走近麻庄的冲动。我不敢近距离地接触人类，只是偶尔捉弄一下那些傻了吧唧的无意中靠近果园的猪羊。我尽量把自己伪装成狗，以此来迷惑麻庄人的眼睛。我目前的食物以果园内的野物为主，尽管数量不多，混个半饱还是可以做到的。偶尔，我会吃一口带着露水的青草。青草味道很苦，每次我都是硬着头皮往下吞咽。狼竟然吃起了青草，可见这世道!

来到果园以后，我还发现了一种难得的美味——死人的尸体。这一个月来，麻庄一共死了三个人，两男一女。我亲眼看见了麻庄人下葬他们的全过程。那套仪式很是烦琐。鞭炮隆隆，锣鼓声声，笙箫阵阵，跪地磕头，安放棺木，填土掩埋。我一开始并没有凿棺食尸的念头。当人群散尽，我围绕新坟溜圈时，忽然萌发出一个想法：何不藏身于这个土堆？我先前看到麻庄人砌凿坟墓，做工精细，用的都是上好的石材。我试着用前爪刨了两下土，土质松软，不一会儿我就打通了一个通道。我钻进去，里面冷飕飕的，很舒适。我躺在还在散发着油漆味的棺木旁边，闻到一股久违的肉香。我敲了敲棺木，里面发出咚咚的响声。我用牙撕咬棺木的缝隙，费了老大劲，终于把棺木咬开。

接下来的事情就简单了。

男人的肉不如女人的，肉硬不说，还有一股馊味。

这一个月以来，我的这些大逆不道一直没有被麻庄人察觉。我盼望着唢呐声起。一听到这个，我就会不自觉地流口水。在吃死人肉的时候，我身上的野性喷涌。咀嚼人类的骨头，让我有一种复仇的快感。

我经常在黑暗的坟窟里和死人的灵魂对话。他们总是对相同的问题感兴趣：为什么要吃我们的肉？我反问他们：不吃你们我还能吃什么？难道你们愿意让我去吃麻庄那些活蹦乱跳的孩子吗？他们听到这样的话，都沉默不语了。最后，他们总是会叹口气说：还是吃我们吧，毕竟我们已经死了，留着肉身也没有什么用了。我在心里冷笑：

我才吃了你们几具尸体，你们就着急了！我那几十个兄弟姐妹可都死在你们的手里！

## 二

我和我的狼群一直生活在抱犊山区。那个地方离这里很远。整个山区都被茂密的林木覆盖，是一片天然的原始森林。我和我的狼群在那里过着悠闲自在的生活。那里遍地都是野物，还有漫山遍野的野果，随处可食。那里人迹罕至。偶尔可见着制服的勘探者，拿着小锤这里敲打几下，那里敲打几下，敲打完了，收拾起碎石块就下山了。这样的人先后来了几拨，就再也不见动静了。

我的队伍在一天天壮大。五月是母狼的集中繁殖期，包括白灵在内，狼群里的成年母狼几乎都产下了狼崽。母狼都在照顾小狼，狼群的战斗力明显不足。虽说野物遍地，随手就能抓住野兔野鸡，但狼群光靠这些小野物是无法吃饱的。作为狼王，我的担子越来越重。白灵向狼群建议，将所有的小狼都集中到一起，由她和另外两只母狼照顾，其他母狼都出去猎食。白灵是一只十分聪明的母狼，在众多的母狼中，我之所以最喜爱她，正是因为这一点。她的身体颀长，有着一身少见的白色毛发。

白灵的建议得到了狼群的响应。大家觉得这样既解放了其他母狼，也有利于小狼的成长。

狼与狼之间的默契配合是成功捕到大型猎物的关键。作为狼群的首领，我自然会在每次的战斗中身先士卒，冲锋在前。将猎物置于死地的关键一招往往都是由我来完成的。这一次，我们将目标对准了一头体格健壮的野猪。我觊觎这头野猪好长时间了，但他好像一直没有把我放在眼里，每次都是大摇大摆地从我面前走过。这是一种无声的挑衅。当他再次毫无防备地靠近了我们的伏击圈时，我纵身跃起，一口咬住了他的喉咙，尖利的牙齿一下子刺穿了他的气管，一招将其毙命。我的进攻迅捷而有效，这感觉真好。因为用力过猛，野猪喷出的血足有三尺高，溅了我一脸。

群狼一哄而上。

作为狼王，我有其他成员所没有的特权：我可以优先享用猎物，可以把猎物身上最好的部分留给我最喜欢的母狼。在我做这些的时候，其他狼不会有任何不快，相反，他们会俯下身子，耷拉下耳朵，垂下尾巴，向我表示尊敬。

进入初夏，天气变得异常炎热。不捕食的时候，我们大都俯卧在原始森林的草丛中休息。小狼们逐渐长大，已经开始习惯吃碎肉了。再过两个月，他们就可以跟着我一起去捕食小型动物了。在我的狼群中，小狼的数量已经是成年狼的两倍。等他们长大，我的狼群很快就会壮大起来。我蹲在山顶的一块大石头上，一边警戒着周围的动静，一边憧憬着美好的未来，根本没有察觉即将到来的危险。

我没想到在这片原始森林里会出现另外一个狼群。

因为人类领地的扩展，适合我们狼族生存的土地已经越来越少。野狼大都已经被人类所猎杀，侥幸存活下来的也都去了更加遥远的原始森林或者山区。但现在，在我的领地里，却出现了另一群狼的气味。这气味正在向我逼近。来者不善。我闻到了他们身上的气息。我必须率领狼群谨慎迎战。我很清楚这场博弈的惨烈，对于狼族，没有比争夺领地更重要的战斗了。

我发出一声低沉的吼叫。狼群迅速进入各自的战斗岗位。白灵带领所有的小狼隐藏在远处的深草中。

一股热风吹来，草丛中有异物在移动。他们来了！

我向队伍发出第一声警报。

狼群迅速向我靠拢，以我的位置为中心，组成了一个合围圈。从草丛的动静来看，入侵者的数量不算多，初步估计只是一些散兵游勇。但从他们进攻的架势来看，他们是要和我们决一死战。

草丛突然恢复平静。

空气在一点点凝固，弥漫着一股浓重的血腥味。

我已经看到了对方的头狼，他的个头比我高，看上去只有四岁。这个年纪在狼族正是年富力强的时候。我不敢轻敌。

擒贼先擒王，攻狼先攻心。我仰天长啸，质问对方为何侵犯我的领地。

对方毫不示弱，狂叫一声：现在是人类横行的世道，哪有什么狼族的领地！为了活命，我希望我们能共同分享这片原始森林。

我冷笑一声：这不可能。

我非常清楚这片森林只能容纳一个狼群存活，再多就只有自相残杀了。

谈不拢，见兵戎。对方发起了第一轮进攻。他们是一伙不要命的流亡者，这注定是一场恶战。厚实的蒲草很快就被我们踏平了，一摊摊血迹喷洒在裸露出的黑色土地上。一个回合结束，双方都有损伤。我咬下了对方头狼的半只耳朵，他攻击了我的屁股，那里正在往外渗着血水。血水激起了我的愤怒，就在我发出反攻的信号时，突然听到远处传来白灵的一声惨叫。我一激灵：白灵遇到了危险！

我的战斗力被分散了。

白灵的呼救声一声高似一声，情况万分紧急。

情急之下，我不得不让狼群兵分两路，一路跟着我去救白灵和小狼，一路留下来继续抗击入侵者。我急速地往回奔跑，远远地就闻到了一股浓重的焦火味。有人在纵火！这个念头在我脑袋里一闪而过，我出了一身冷汗。狼最怕的就是火！何况是那些小狼！严重的是，纵火者是人类，是那些穿着制服找矿的人，他们在这里发现了矿藏，要将这里的林木夷为平地！

火是从四周同时燃起来的，根本无法突围。白灵和小狼被困在火圈中心，发出一声接一声的惨叫。灼热的火焰让我们无法靠近他们，只能眼睁睁地看着白灵和小狼化为灰烬。我仰天长啸！

大火向四周蔓延，很快就烧到了狼群战斗的草地。正在恶战的双方都没有选择退却，直至同归于尽。这就是狼性。

现在想来，那场灾难或许是命中注定。天要灭我，我无法抗拒。如果不是天意，我们那天如何会遭到人类和狼族的同时进攻？

## 三

从深山老林到果园坟场，我的领地从开阔无边到偏居一隅。

我知道在这样一个鬼地方重建狼群，不是一件容易的事情。但我要想成为狼王，就必须重建属于我的队伍。

为了重新当上狼王，我不得不让自己学会伪装。为了不被麻庄人识破。我极力让自己看上去像一条狗：耳朵耷拉着，尾巴紧紧夹在屁股沟里，想以此瞒过那些万一看到我的麻庄人。

尽管我骗过了警惕性不高的人类，但却骗不过麻庄的那些狗。

麻庄是一个小村子，人口不多。但麻庄人喜欢养狗，差不多每家都会养一条狗看家护院。这些狗都是麻庄人东家西家地互相抱养，所以，他们之间都沾亲带故。因此，他们有着几乎相同的秉性，说叫一起叫，说跑一起跑。他们看上去比麻庄人还要团结，成天一伙来一伙去，如同马蜂。

我时常蹲在果园与河流交叉地带的苇丛里，偷偷观察对岸的动静。我很少看到人，看到最多的就是那些在村子里闲逛的狗。说起来，这些狗和我都属于同一个祖先。几百万年前，我们祖先中的一部分被人类驯化成了狗，失去了野性，只保存下来一点可怜的忠诚勇猛的本性。麻庄的狗对我保持着高度的警惕，不时有一些爱管闲事的狗远远地站在河对岸向我这边凝望，并发出威胁的吼叫。或许他们中的聪明者已经觉察到了我身上的气味。

麻庄的狗一般很少到果园里的这片坟场来。从麻庄到坟场要过一座石桥，这座石桥离村口很远。偶尔会有个别的狗长途跋涉来这里交欢，完事后即刻离开，基本上不作停留。每次目睹这种事，我都会想到白灵，想到她那高高翘起的屁股，瘦瘦的腰部……可惜，她死了，死于那场森林大火。几天前，我曾经趁着月夜风高急行军回了一趟抱犊山区，发现那里的森林已经全部消失，耸立起来的是一个个矿场，到处都是机器的轰鸣。当年的一切都已经不复存在了。

现在，我只剩下这片果园，这是我的全部领地。幸运的是，这里的食物充足。除了果园里的野物，我甚至学会了伏在苇丛里捕捉飞鸟，把头伸进水里抓鱼。因此，我暂时没有侵犯麻庄的打算，尽管那里有许多可口的食物。有时我会抓住几只误闯进领地的麻庄的鸡鸭，作为美味尝尝鲜。但这事做得极为隐秘，从未被麻庄人发现。

可恶的是，麻庄的狗主动靠近了我。

最初发现我的那条狗是跟着麻庄送葬的队伍进到果园里来的，他在一个坟堆前撒尿时看到了我为藏身而挖出来的窟窿，这引起了他的好奇。或许，他以为是风骚的狐狸所为。他靠近洞口，不停地用鼻子嗅着，边嗅边发出汪汪汪的叫声，借此引起人的注意。那些送葬的麻庄人根本没有注意到它的异常，安顿好死人就折回麻庄了。这条可恶的狗还是不肯走，他断定窟窿里面一定藏着什么东西。他还试探了两次，试图钻进来。但他一直在犹豫这样做的后果，终于选择放弃，安静地蹲在洞口。

这事有点儿麻烦。我本想去饱餐一顿新鲜的死人肉，可这条可恶的狗守住了洞口，我无法出去。我悄悄从洞口的缝隙观察了一下，这是一条壮实的母狼狗。狼狗是狼和狗杂交的产物，性情近于狼和狗之间。这样的狼狗不好对付！

我不敢轻举妄动，尤其在麻庄人走远之前。如果我现在贸然出去，我们必然会有一场恶战。撕咬会引起麻庄人的注意，一旦他们确认我的存在，等待我的肯定是猎枪。说白了，我怕的不是狗，而是狗背后的人。

估摸着送葬的人都远离了果园，我开始试探这条执拗的母狼狗。

我主动向她发出友好的信号，说明我是她的同类。

她发出得意的笑声：我就知道这里面有活物！

愣了一下，她用鼻子嗅嗅，对我说：你身上的气味不像狗！

我继续辩解：我和你一样，是一条狼狗，我们和那些普通的狗不一样，身上有狼的气味是正常的。

她后退一步：既然是同类，那你出来吧。

我犹豫起来，不敢出去。但不出去也不是个办法。我不出去，会引起她的怀疑，说不定她会长时间地守在洞口，她还有可能回去叫她的同类。如果整个麻庄的狗都知道了我的存在，那我就别想在这里待下去了。想到这里，我决定出来，像一条普通的狼狗那样爬出来。

在我拖着尾巴慢慢爬出洞口的时候，母狼狗两眼瞪得像铜铃，她不停地在吸气：你果真是狗？你的个头可真够大的！你为啥躲在这么一个鬼地方？

看到没有露馅，我心中暗喜，故意做出一副可怜的样子来，指指刚才藏身的坟堆说：我的主人死了，就埋在这里，我想一直守着他，所以……

母狼狗的眼圈红了。

你真是一条忠诚的狗！我的主人也死了，我是来看他被下葬的。

我装出同情的表情：真不幸！那你和我一样，都是没有主人的野狗了！

她摇摇头：死去的是我的老主人，我还有女主人呢，就是刚才那个哭得死去活来的老妇人。

我点点头。

母狼狗叹息了一声：我还以为会抓到一只狐狸呢，回去也能取悦一下悲伤的女主人。既然你是一条狗，那就再见了。

她说完扭头就走。走了两步又折回来：你叫什么名字？我们做个朋友吧。

听到她这么说，我放松了警惕：你就叫我大灰吧，你呢？

我叫小白，主人一直这么唤我。或许因为我脸上的这一撮白毛！

我看看她的脸，那里果然有一撮白毛。这让我想起了白灵。

她伸出前爪，友好地握住我，我没有拒绝。

突然，她脸上的表情变得不自然起来，最后凝固成大大的一个问号。她再次瞪大眼睛，纵身跃出几丈远，喉咙里发出吙吙的威胁：你不是狗！是狼！

我知道被她看穿了，都怪我，干吗要让她握住爪子！狼的爪子异常尖利，这和狗明显不同。我还想掩饰：我是狼狗嘛，当然和那些普通的狗不一样。

小白还是直摇头：你不是狼狗，是狼！你身上有一股野狼的味道！你别装了！

我抬抬前腿，既然已经被她看穿，就没有再继续伪装下去的必要了。我竖起耳朵和尾巴，昂起了头颅。不错，我是狼！既然被你识破，那你今天就只有死路一条了！

我向前逼近小白，她慢慢后退。

对峙了一会儿，她忽然说了句：其实我并没有威胁你的意思，你欲置我于死地，就不怕我唤来同类？麻庄的狗可是很团结的！只要我现在发出一声呼唤，他们会在几分钟内赶到这里。到那时，恐怕你会彻底暴露。

她说得有道理，我停止了威胁。

隔着一棵枯死的苹果树，我们都蹲在了原地。

看来，我得和她好好谈谈了。

## 四

天色越来越黑，微风拂面而来。

空气中夹杂着淡淡的苹果花香的味道。从我所在的位置正好可以看到那几棵还存活着的果树，他们不甘寂寞地开满了一树的苹果花。这样的季节，百花盛开，万物萌动，到处都是生命的气息。

很长一段时间，我和小白都保持着沉默。我不着急，时间在我这边，越是黑夜对我越有利。小白越来越紧张，呼吸有些凝重。她还很年轻，几乎没有见过什么世面。

你们这样干坐着有什么意思吗？

这个突如其来的声音把我和小白吓了一跳。我抬头寻找声音的来源。是一棵枯死的老苹果树，他在劝说我们。

这个果园里的所有东西都是那么神奇，我能听懂一切生物发出的讯息。即便是一块小石头，也能发出自己的声音。

好吧，既然连老苹果树都腻烦了我们的对视，那就说点什么吧。

我问小白：你是不是准备将我的秘密说出去？

小白摇摇头：只要你不伤害麻庄人，我就不会说。

我是不会自讨苦吃去主动招惹人类的！

我从鼻孔里发出一声轻蔑：到底是已经被人类驯服的狗，对他们如此忠诚！

忠诚难道不是我们共同的美德吗？小白反问我。

我无言以对。我想告诉她：忠诚和忠诚不一样，你是对主人忠诚，而我只对自己和同类忠诚。你是人类的狗，我是自由的狼，我们之间根本没有可比性。但我知道对她说这些等于是对狗弹琴，没有用。既然说了白说，还不如不说。

愣了一会儿，小白问我：你到底从哪里来？为什么要藏身在这个荒弃的果园？

看她实在好奇，我就把自己的遭遇简单跟她说了一遍。我看到她脸上再次露出了同情的表情：这么说，你就是传说中的狼王？

我点点头：曾经是，现在只剩下孤家寡人。

小白脸部的表情进一步放松：你放心，我不会把你的身份暴露给麻庄人的。你是狼王，我们都崇敬你！

小白的话让我很吃惊。白灵也曾经对我说过这样的话。没想到，狼王在狗类中也能赢得尊严！我笑着问她：既然你崇敬我，假如我被麻庄人发现了，你会不会站出来和我一起战斗？

小白愣住了，半天不回答。

她站起身，说了句：我回主人那里了！有时间，我会再来找你！

我想告诉她不要再来了，以免暴露我的身份。话到嘴边我又咽下去了。来就来吧，我不怕狗，何况她还是一条漂亮的母狼狗！

小白走了以后，老苹果树开始嘲笑我：你问她那么深奥的问题，让她怎么回答？初次见面，与人和善，这个简单的道理你都不懂！亏你还自称狼王！

我笑笑：正因为我是狼王，我才不晓得你讲的这些狗屁道理！我不想再搭理这棵枯死的老树，想去挖那个新坟。没走出两步，老树提醒我：那可是小白的主人！你也要吃？

我愣了愣：是啊，既然是小白的老主人，我吃了后很快就会被小白发现，那样，是不是会激怒她？想到这里，我决定暂时放弃即将到嘴的美味。

去捉一只兔子吧。老苹果树对我说。

苏北鲁南的夏天有些怪，说翻脸就翻脸。刚才还是晴空万里，朗月当空，不一会儿，就阴云密布起来，空气变得异常沉闷。

我蹲在果园的一处高岗上，抬头仰望天上漂移的乌云。狼族天生喜欢黑夜。以前在抱犊山区的时候，我常常带着白灵离开狼群，找一块高处，一起仰望星空。那真是一段幸福的时光！

空气中的潮气越来越重。

远处飘来一道亮光。闪电来了，风更大了。雨点夹带着泥土的气味噼里啪啦地砸到我的头上。我纹丝不动，任由雨点落到脸上，顺着脸颊滑到地面。

我的身上全湿了。在雨中，我忽然感觉到了巨大的孤单。

作为曾经的狼王，我多么希望能再次恢复我的狼群，带领他们在原始山林自由奔跑！可现在，我没有了自己的队伍，也没有了供我奔跑的原野。

我必须想办法重建狼群。

雨越下越大。

我抖抖身子，雨水如同断了线的珠子，四散开去。还是回坟墓里去吧，至少那里现在很干爽。

这个季节的坟墓没有一点潮气。正因为如此，我一直没有更换自己的栖息地。我在棺木旁边蹲下来，闭上眼睛，假寐。

突然，我感觉有什么东西在动来动去。难道棺木里面还有人？不可能，那个人早被我吃得连骨头渣都不剩了。

外面是不是下雨了？从棺木里传出一个声音。

我身上的毛发立刻倒竖起来。这个声音让我头皮发麻，瘆得慌。我用前爪敲了敲棺木。没敲几下，里面再次发出声响：别敲了，是我，这个坟墓的主人。

你不是被我吃了吗？我问他。

吃了？你吃了我的肉，啃了我的骨头，就以为我不存在了？你是狼王，也当不了鬼魂的家。你死后或许也是有魂魄的。

我骇然。

沉默了一会儿，我正琢磨着要不要就侵犯领地一事向坟地主人道歉，棺木里又传出声音来：你是狼，自古就吃人肉，我不怪你。愣了一会儿，他又说：我们相处了这么久，一直没有好好聊过。今天下了雨，是个唠嗑的好天气，不知道你有没有这个兴致？

我点点头：那你就现身吧。

## 五

我和棺木里的人聊了整整一夜。

从生老病死到吃喝拉撒，从地狱到天堂，从人间到冥界，从人类到动物，从大地到天空，从大山到大海，从生存到死亡，无所不谈。

我们聊得很痛快，直至口干舌燥，才沉沉睡去。

在睡梦中，我又一次看到了白灵，还有我的狼群。他们现在生活在冥界，看上去都很快乐。

雨后早晨的果园空气清新。太阳出来以后，各种各样的小飞虫也出来了，嗡嗡的叫声愈发显出天气的炎热。我到河边饮了几口凉水，顺便抓了一条小鱼，权当早饭的开胃菜。蹲在河边喘息时，我看到自己在水中的倒影，身架子瘦小了不少。果园的食物到底不如抱犊山区。更主要的是我形单影只，心情郁闷，体质有所下降不奇怪。

我很担心那条叫小白的母狼狗能否信守诺言。她会不会把我的存在告诉麻庄的其他狗类？保守承诺是狼的美德，但小白毕竟不是狼，她是狼狗，充其量只是有一点狼的血统而已。如果她无法信守承诺，我就只有离开此地了。

我始终没有放弃再次回到原始山林，重新成为狼王的梦想。可是，如何才能重组狼群呢？在这片到处都是人类的土地上，哪里才是狼族落脚的地方？

一阵凌乱的狗叫打断了我的思路。从声音判断，那不是一条狗。小白这么快就泄露了我的秘密？我迅速地躲到一个大坟堆的后面，静静观察着周围的动静。

狗的叫声从麻庄方向由远而近，他们的脚步慌张而凌乱。在靠近果园时，他们放慢了脚步，极力压制着喘息。几分钟后，我看到了他们，足有十几条狗！领头的正是小白！我毛发倒立，准备投入战斗。

狗群在离我十几米远的地方停了下来，屏住呼吸，略带紧张地四处张望着。

其中一个年纪略大的土狗拍拍小白的前腿说：你说的那个狼王在哪呢？根本就没有嘛。现在哪还有什么狼！我活了大半辈子了，连我的爷爷的爷爷的爷爷那辈都说没见过狼！

小白有些委屈地嗅嗅鼻子：我没有撒谎，我确实见到了狼，而且是狼王！现在，他一定是躲起来了。或许，都是因为你们！

其他狗都不相信小白的话，纷纷在那里埋怨她谎报军情。

小白有些急了，对着我躲藏的方向叫了几声，她告诉我：这些狗都没有恶意，只是想一睹狼王的风采。

我不相信她的话。我最讨厌背叛者。她竟然把我的存在告诉了麻庄的那些土狗，这不是欲置我于死地吗？

看没什么动静，已经有几条狗开始不耐烦了。他们嘟囔着：哪有什么狼王！还是赶紧回麻庄去吧！说完转身就走。

我心里暗喜：他们不相信小白，这是我最愿意看到的结果。

你们可以走，但不能怀疑我对你们撒谎！我肯定狼王就在附近，他只是不相信你们才不肯出来！小白为自己辩解。

那几条狗不再听她的话，扭头向麻庄跑去了。剩下的三条狗，表情坚定地站在小白的身后。其中一条健壮的狗说：小白是我们的老大，我相信她！

我这才明白，原来小白很有来头，她是这群麻庄土狗的首领！或许，她真没有什么恶意？到果园来只是出于好奇？我无法判断，继续蜷伏不动。

小白开始着急了，她再次向我喊话：狼王，我知道你就在附近，他们没有恶意，我是他们的头儿，你要相信我！或许我们可以帮助你！

看来，小白带他们来，真是满足好奇心的。但我仍旧对于小白没有信守承诺感到十分不快。言而无信，这绝不是我们狼族的风格！可话又说回来，小白又不是狼，何必用狼的标准来要求一条狗？

想到这里，我从坟堆后面走了出来。除了小白，所有的狗都情不自禁地后退两步，他们看我的眼神充满了惊讶和尊敬。

小白欣喜万分：我就知道你在！

我十分不快地问她：为何不信守诺言？把我的秘密告诉他们？

小白的脸色因羞愧而变得微红：不是我主动说出去的，是他们闻到了你留在我身上的气味。

我从鼻孔里发出一声不屑的哼叫。

一条个子不高但很机灵的土狗站了出来，他有着一身油亮放光的黑毛，看上去比其他狗威猛很多。他十分镇静地告诉我：小白说的都是真话，是我从她身上闻到了狼的味道，才追问她，当我们做出不会伤害你的保证后，她才肯告诉我们你的存在。

我愣了愣，继而十分不屑地哼了一声：伤害？你刚才说伤害我？我没听错吧？

小白听出了我话里的怒气，赶紧解释说：我们只是想帮助你！

我看看她，既可气又可怜，不想和她说话了。我转身向河边走去，远远地丢下一句话：既然你们已经见到了狼王，是不是该离开我的领地了！

片刻的安静以后，小白带领着狗群向麻庄跑去。我凝望着他们的背影，发出一声轻蔑：看看你们这些只会向主人摇尾乞食的家伙！

几分钟以后，一阵脚步声再次响起。我心里一惊：不会是麻庄人也来了吧！

## 六

是小白。

她又回来了。看得出她脸上带着几分愧疚。她在离我几步远的地方立定，满眼含情地望着我。

我心里想：她干吗要三番两次地揪住我不放？

见我不说话，小白终于忍不住：好吧，我承认，是我不对，不该把你的事情告诉他们。

她竟然向我道歉了！狗向狼道歉！

但我仍旧不为所动。

小白再次开口：如果不是黑子从我身上闻到了你的气味，逼着我说出来，我是不会……

我笑笑：黑子就是那条浑身油亮放光的土狗吧？他能从你的身上嗅出我的味道？我们只是隔着一棵苹果树说了一会儿话而已！

看到我还是不相信，小白急了：他是我最好的朋友，在麻庄的狗群中，就他一个可以接近我。他是牧羊犬的后代，鼻子比其他狗灵得多！

我不想再和她纠缠这个问题了，抬头看天。已经快中午了，我的肚子饿得咕咕叫，得去找点吃的。小白主人的坟就在旁边，昨天本想挖了，碍于小白和那棵枯死的老果树的忠告，我没有下嘴。今天饿得厉害，顾不得那么多了。我向坟堆走去。小白呆呆地看着我。我开始挖洞。小白终于明白我要干什么了，尖叫两声，很勇猛地冲到我面前，与我怒目相向。

我恶狠狠地威胁她：赶紧躲开，不然连你一起吃了！

小白弓起背，毛发竖立起来。

看来，她要准备和我战斗。

小白投入战斗的样子很像我们狼族：嘴巴微张，不断发出低沉的嘶鸣，前腿放低，腰背弓起，尾巴高高竖起。

她的样子几乎和白灵一样。

我后退两步，笑着问她：你要为保护主人的尸体和我决斗吗？真够忠诚的！为了一个死人，你是不是连命都不打算要了？

小白眼睛里飘过一丝犹疑，但仍旧保持着战斗的姿态。

好吧，我放弃。我停止了与小白的对峙。她大概没有料到我会认输，不相信地看着我。认输的确不是狼族尤其是狼王的风格，但我不想伤害小白。况且她是为了捍卫忠诚，这一点，我很欣赏。

但我也不能饿着肚子。

我带着几分戏弄的口吻对小白说：你去给我弄点吃的来，不然我还会挖你主人的坟墓。你不是打算时时刻刻都守在这里吧？

我的无赖大概惹恼了她，但她显然对此没有办法。

好吧，我现在就去给你找吃的。但你要保证，在我回来之前你不再挖坟。小白要我给她许诺。

我点点头。

小白将信将疑地向麻庄跑去。

看着小白逐渐远去的背影，我心里有些好笑：作为狼王，我竟然和一条狗建立了同盟约定！为了观察一下小白的表现，我暂时信守承诺，老老实实地蹲在坟边，用假寐来抵挡肚子的饥饿。

太阳大约移动了一小格，小白回来了，嘴里叼着一只扑扑腾腾不停挣扎的母鸡。

呵，她还真行！竟然抓来一只活鸡！

小白把鸡放在我跟前，那只鸡还以为得到了解脱，扑腾着翅膀想跑。我轻轻用前爪摁住了他的脑袋。他看到我，立刻停止了任何挣扎，老老实实地闭上了眼睛。

从哪儿抓来的这只鸡？你不会是从麻庄抓来的吧？我问小白。

小白点点头，就是从麻庄抓的。他不合群，自己出来溜达，在村口看到我，还跟我打招呼，我上去就咬住了他的脑袋。

你胆子不小，敢抓麻庄人的鸡？我称赞小白。

小白带着几分委屈：总比让你吃掉主人要好吧。

我笑笑。三口两口将那只活鸡下了肚，只剩下一地的鸡毛。

小白一直眼巴巴地看着我。

我本想丢给她一个鸡腿，以示感谢，但想到她能从女主人那里得到自己的食物，就算了。重要的是，一只鸡哪够我吃的？这么一个小猎物，充个半饱而已。我不想继续为难小白，友好地在她面前蹲下来，想和她好好谈谈。还没开口，小白说了句：亏你还是个尊贵的狼王，满嘴的鸡血和鸡毛！

得，我还是先去河边洗把脸吧。我转身去了河边，认认真真地洗完脸。回来却不见了小白的踪影。正奇怪着，看见她正撅着屁股躲在主人的坟后面填埋我刚才挖的洞。她的屁股很厚实，尾巴下垂在两腿间，紧紧包裹着。这让我想到了白灵。

或许这条像白灵的母狼狗可以帮助我重组狼群。

恍惚了一会儿，我走过去帮她。

填埋完毕，她蹲在原地嘘嘘喘气，边喘边问我：你一直都在吃果园里的尸体吗？

我点点头。

小白不说话了。

我告诉她：我是狼，和你不一样。

她点一下头：你不要吃我的主人了，好吗？他是一个好人，我从小被他抱养，他对我比对待女主人都要好。所以，求你不要吃他！

我笑笑，算是默许。

小白愣了一下，说：你不会是想一直待在这里吧？你可是狼王！如果你被麻庄人发现了，只能是死路一条！麻庄人个个都是打猎的好手！

我苦笑：我也不想待在这里！可是，我没有了狼群，就没有了队伍，我一个狼王又能去哪儿？到处都是人。

小白默然，用充满柔情的眼睛看着我，略带一点儿羞涩。

对视了一会儿，我鼓起勇气，结结巴巴地说了句：或许你可以帮我。

我？我能帮你？小白将信将疑地反问道。

我低下头：我是说或许。

小白像是明白了什么，露出一副惊讶的表情：你的意思不会是让我……我可是狗，不是狼!

这么说你不愿意? 我抬起头。

小白连忙解释：我不是这个意思，我是担心我的血统不如你高贵纯正，但如果你确认我可以帮你……

你可以帮我，如果你愿意!

小白的脸色更加红润，说话也变得语无伦次、结结巴巴：我可以帮你……帮你……帮你……但是……

但是什么? 你快说嘛! 我有些忍耐不住了。

我很想帮你繁衍后代! 重组狼群队伍! 可是，你得给我点时间，让我好好想想。小白说完，跑开了。

小白跑出几米远，回头看看我，羞涩地笑着，向麻庄方向跑去。

## 七

小白的话让我即将枯死的心燃起了一线希望。

看着她远去的背影，我陷入了沉思。难道我们狼族真的到了必须让母狗来繁衍后代的地步了吗? 我身上流淌的可是纯种狼的血统! 如果和狗结合，即便是狼狗，那也会玷污我的高贵血统! 这行得通吗! 可是，以我现在的境况，还存在去和纯种母狼交合的可能吗? 方圆几千里几万里，还会有我的同类存在吗? 我要想继续当狼王，就必须要繁衍自己的后代！必须带出一个新的狼群！

更重要的问题是：小白并没有最终答应帮我繁衍子孙后代。她虽然一再强调说愿意，可明明说还要考虑考虑！她肯定明白和我一起繁衍后代的风险，这件事如果被她的同类发现，她可能会受到严厉的惩罚！

对于我来说，繁衍后代只能选择小白这样的狼狗，而绝不会是那些土狗！

我很想知道小白不能立即答应的原因。

毫无疑问，我对她来说，是有魅力的。她不该拒绝和我交合，在狼群，我是最受欢迎的雄狼。但她为什么会产生犹豫？

我的脑袋里闪现出黑子的身影。

从小白刚才的话里可以看出，黑子和她的关系不一般。而且从小白的年纪和体态看，她早已经繁衍过后代。思前想后，我觉得自己有必要到麻庄走一趟，去了解一下小白的生活。

我十分清楚到麻庄去的风险。如果我被麻庄人辨认出来，他们肯定会将我乱棍打死。最可行的办法是能有一条狗来陪我一起进麻庄，这样，就不会有人对我产生怀疑。只要我把尾巴夹紧一点，装成狼狗的样子，那些早就以为野狼已经销声匿迹的麻庄人是不会认出我的。

小白无疑是陪我进村的最佳选择。她对我有好感不说，她的样子最像狼，和她走在一起，更能起到遮掩的作用。但我此次进村的最大目的就是要观察小白，不可能让她同行。看来，我只能自己冒险了。

狼是天生的冒险家。我们从来不知道什么叫害怕。作为曾经的狼王，尤其如此。但狼也从来不打无把握之仗，我们深知知己知彼的重要。基于这样的想法，我决定选择夜里进入麻庄，夜色是行动的最好掩护。

进入五月，天黑得晚。傍晚时我在果园里抓到了两只正在交配的野鸡，我把这看作是一个好兆头。慢条斯理地吃完这两只羽毛华丽的野鸡，又到河边耐心地理了理我的毛发。为了让自己看上去更加像狼狗，我还对着水面做了多次练习，努力将耳朵和尾巴下垂到最低。

天色彻底黑透。

我走出果园，向着麻庄的方向进发。果园通往麻庄的小路寂静无比，可以清楚地听到远处青蛙和蛐蛐鼓噪的叫声。尽管路上看不到一个人影，我还是异常小心，竭力让自己的脚步变轻。

走了一会儿，前面出现一片亮光，那是麻庄村头的小卖部，里面有人在高声说话。我离开小路，进入田野。野地里的小麦已经长到半米高了，这个高度足以遮掩我高大的身躯。

远离小卖部，我来到村子的正前面，一步步向村子靠近。

在漆黑夜色的掩护下，我进入了村口。这时，传来一声狗叫。麻庄的狗的确机灵，他们能听出陌生的脚步。我并不担心被麻庄的狗识破，我相信现在全村的狗都已经知道了我的存在。狗是最会传播小道消息的动物了。那天在果园见过我的那些狗肯定会在村里大肆宣扬他们的重大发现。对于麻庄的狗，我的存在已经不是什么秘密。我要防备的只是麻庄人。

往前走了一会儿，凭着灵敏的嗅觉，我嗅到了小白的气味，她应该就在不远处。我不理睬第一条狗的警告，继续向村子深处进发。没走两步，又一家的狗更加凶猛地叫了起来，接着是第三家，第四家……一时间，村里的狗叫声响成一片。我停下了脚步，考虑要不要离开。这么多的狗叫声，一定会引起麻庄人的警惕。果然，我很快就听到有人在院子里自言自语：出什么事了？狗叫得这么凶！我开始向后退缩。这时，不远处突然传来更尖利的狗叫声，其他狗立刻安静下来，都在原地小声呜咽着，坐立不安。我迅速躲进了田野里的麦地。

几分钟以后，两条黑影出现在我刚才站立的位置，四处嗅着，鼻孔发出咻咻的响声。我认出其中一个是小白，猜测另一个是黑子。他俩在原地嗅了一会儿，循着气味向我这边走过来。我俯下身子。小白一边走一边说：应该是狼王，他就在附近！黑子附和道：肯定是他，不然全村的狗不会这么警觉！愣了一下，黑子又说：狼王不是说过不会伤害村里人吗？那他到麻庄来做什么？小白不说话，半天说了句：他可是连死人尸体都肯吃的……

小白的话让我很伤心。再看看他和黑子亲密的样子，我感觉自己的喉咙里仿佛卡了一个尖利的骨刺，全身都牵着疼。

我掉头向果园跑去。

身后传来小白的呼声：狼王！是他！他跑走了！

她的话很快被夜风吹走了。

起风了！

## 八

风很大。铺天盖地。飞沙走石。

我心悲凉。凉透心肺。冷到彻骨。

独立在风中，我对天长嗥。叫声划破黑暗的夜空，向着天际蔓延开去。

我又一次想起了白灵。想起了她为我所做的一切，想起了她对我说过的话。

白灵很早就和我在一起了，她先后为我繁衍了十九只小狼。狼群每年春天开始交配，我每年的第一次都选择白灵，一方面是因为她的温柔，另一方面是因为她旺盛的繁殖力。她为我生下的狼崽个个健硕无比，生命力极强，完美地继承了我的品质。

为了不断壮大狼群，白灵做出了巨大的牺牲。交配之后，她会进入两个月的怀孕期。在这期间，她还要拖着沉重的身子和狼群一起捕食猎物，十分辛苦。快生小狼时，白灵总是自己悄悄寻找安静的洞穴，产下健硕的狼崽。这期间，所有照料狼崽的事情都由她来做，从来不让我插手。她说我是狼王，应该去做更重要的事。直到两周后，小狼睁开眼睛，白灵才让我去看狼崽，好让他们在第一眼看到自己的父亲。

哺育小狼是很辛苦的。在哺乳期间，白灵的身体日渐消瘦。我想法设法给她弄来各种食物，但这仍然无法满足四只狼崽的哺乳需求。坚持一个半月后，白灵不再给狼崽喂奶，开始让他们学习进食碎肉。小狼满两个月时，会被带回狼群聚集处，开始集体生活。这期间，小狼仍然会追着母狼喂奶，但主要以食肉为主。半年以后，小狼就可以完全独立寻找食物了。白灵这才能喘口气，补充体力，准备迎接下一次的孕期。

白灵就是这样不辞辛劳地为我繁衍后代，为狼群队伍的壮大默默做着巨大的身体牺牲。她经常跟我说起这样一句话：当一匹狼知道自己的目标时，这个世界就会为他让路。被抓不可怕，挨饿也不可怕，最可怕的是没有了野心和上进心，变成一条摇尾乞食的狗！

我把这句话作为狼群的座右铭，让每一条新出生的小狼铭记在心。

在这一点上，狼和狗是不一样的！我怎么会把小白和白灵一样看待？小白和白灵再相像，她也只是一条狼狗而已。

我决心忘掉小白。

在胡思乱想中，我沉入梦乡。

我梦到了白灵，梦到了我们一起在荒原上奔跑，她的身姿是那么矫健。我们在一处树林中停住，白灵含情脉脉地望着我。她的眼神点燃了我的欲望，我把她扑倒在地。白灵前膝着地，屁股高高抬起，我一跃而起，瞬间和她合为一体。白灵因为过度兴奋，发出咻咻的叫声。我昂起头，仰天长啸。不知怎么，当我低下头，忽然发现白灵变成了小白，她正在回头对着我微笑。

我醒了。

天已微亮，一只野兔正在不远处觅食。

我还沉浸在梦中，分不清梦到的究竟是白灵还是小白。不管是谁，此刻我的心情很愉快。我悄悄靠近那只野兔，猛然对着他低吼了一声。野兔看到我，早吓得魂飞魄散，一下子动弹不得。我不打算吃掉他，我还不饿。我只是想和他开个玩笑。从他的表情看来，这个玩笑开大了。

半天，野兔才抖抖索索地问我：老大，你不会是想吃掉我吧？我还有一窝孩子要照顾呢，你就……

我看看她，果然是一只母兔。

我笑笑：你别害怕，我没打算吃掉你。你们早晚都是我的猎物，所以我不着急。

野兔还是不放心，试着向前挪动了几步，见我没抓她，撒腿就跑。看着她狼狈的背影，我突然感到很无趣。没有对手的日子，枯燥无比。

我向河边走去。

我喜欢在早晨的时候蹲在河边，看太阳一点点从东方升起。我一直对那个圆乎乎红彤彤的玩意儿保持着强烈的好奇心。等太阳完全升起，我会沿着河边和果园的交叉小径散一会儿步，顺便巡查一下我的领地。

这纯粹是例行公事。

我很清楚，没有谁胆敢侵犯我的果园。

但今天，似乎有点儿不对劲，我在空气中闻到了一股人的气息。这气味是如此浓烈，引导着我走向果园临水的中间地带。

那里有一个几近废弃的石板房。

石板房经风沐雨，墙壁上到处都是苔痕。房顶露了个大窟窿，下雨天根本待不住。刚来果园的时候，我曾经萌生过把石板房当作栖息地的想法，后来觉得房子实在磕碜，在那里拉过几次屎，就再也没有来过。

现在，我在石板房看到了一个老妇人。

老人一头白发，身披一件松松垮垮的凉衣，吭吭哧哧地在那里修房顶。看样子她已经修了很长时间了，房子四周已经被她清理得干干净净。从她修理房子的架势来看，她是要在这里住下去了。这让我有些担心。

虽然这里离我经常的活动区域有一些距离，但毕竟位于我的领地之内。老人在果园里住下，早晚会发现我的存在。

最好能让她早点离开果园。

但怎么把她赶走呢？去吓唬她？这意味着将暴露我的身份。除了吓唬她，还能有什么办法？

我匍匐在石板房旁边的荒草丛里，想近距离地观察一下老人。

老人在房顶覆盖了一层厚厚的塑料布，并用石头压住了塑料布四角。弄完了这些，拍了拍手上的泥土，自言自语地说：龟儿子，把我赶出村子，就以为我活不下去了？我倒是要看看，你能闹腾到哪一步！

我明白了，她是麻庄人。因为什么事情，被别人赶了出来，现在要在此常住。看来，我要有新麻烦了。

## 九

事实上，我的麻烦才刚刚开始。

自从老人在果园里的石板房住下以后，我就不得不加倍小心地在果园里行动。这还不打紧，要命的是，老人在此安营扎寨不久，就吸引了好几批麻庄孩子陆续来到这里。

老人重新打理了石板房周围的几棵即将枯死的苹果树，使他们重新恢复了生命力，开始发芽开花结果。老人还在石板房周围开出了半亩荒地，种上了一些瓜果。这些变化很快就被麻庄的孩子们发现了，他们时常三五成群地来到这里，打着到河里洗澡的旗号，趁老人不注意时顺手就摘走了刚成熟的果子。

对此，老人似乎早已习以为常，不但不怪罪他们，还常常主动和孩子们聊天。孩子们当面叫她老奶奶，背后都称呼她白发魔女。

果园里渐渐有了人气。

我不得不愈加小心地行动。

经过一段时间的观察，我发现老人只吃蔬菜，从不杀生。也就是说，她是素食者。有一次，我故意咬死了一只野鸡，丢在老人的门前。她发现以后，很悲戚地摇摇头，竟然把那只野鸡埋到了果树地下，搞得我费了老大劲才重新扒拉出来。

我由此得知，老人对我的威胁没有想象中那么严重。

不知道是因为我的胃口，还是因为老人的存在，这段时间果园里的野物越来越少了。他们好像商量好了一样，集体消失了。为了填饱肚皮，我几次想扒开小白主人的新坟，都没有得逞。不知道为什么，老妇人几乎天天都要来查看一下这个坟堆。每次来都做着同样一件事，就是清理杂草。她频繁地清理工作，让我无法对那个坟堆下嘴。

今天，老人再次来到了这个坟堆。

这次她没着急清理杂草，而是安静地在坟前坐下来，嘴里念叨着：老东西，你在那边受苦了没？大鬼小鬼没刁难你吧？愣了一下，她又说：你这个没良心的哎，你为嘛走这么早，你走了倒清净，撇下我忍受这世上的苦，你怎么就那么狠心哪！咱们那个白眼狼儿子，娶了媳妇儿忘了娘，在他那个臭婆娘的唆使下，终于狠心把我赶出了村子，让我无处安身。要不是想着能在这里守着你，我早就去阎王爷那里找你去了……

我终于明白了，这个老妇人是小白的女主人。她是被不孝的儿子逼得走投无路，才来果园的。

可是，小白到哪里去了？她为何没跟着女主人来果园？难道，她已经……

我不敢想小白已经死了，那样，我的心会隐隐作痛。

我尝试着接近老人。

这天，我再次靠近了石板房。老人正在石板房旁边的一个简易灶台烧饭。她的生活极其简朴，对于饭菜几乎没有任何要求。这或许也是她身材瘦小的原因吧。

我悄悄从草丛中走出来，安静地蹲在老人不远处。我不想吓到她，尽量让自己看上去像一条温顺的狗。

老人终于发现了我。

她正在盛饭，无意中向我这边瞥了一眼，然后手就停滞在了锅台正上方。她的眼睛一直没有离开我的尾巴，脸上的表情先是惊讶，然后是平静，过了一会儿，变得异常严肃。她死死地盯住了我的眼睛。

从她的眼神判断，她已经看出我不是狗类。

看到伪装无效，我干脆恢复了常态，站了起来。

老人迅速地从锅台后面摸出一根长棍，对我怒目而视。我龇龇牙。对我来讲，对付这么一个瘦小的老妇人，根本不费什么力气。在我看来，她手里的长棍根本就是虚张声势。

老人正在犹豫不决。她既不敢靠近我，也没有退缩。考虑到老人和小白的关系，我并不想主动发起攻击。我本来是想和老人友好相处的，只要她不攻击我，我不会去伤害她。

老人选择和我对峙。

此时，如果我能像麻庄的那些狗一样，对她摇摇尾巴，或者发出一声狗叫，或许就能蒙混过关。可惜，这些我都无法做到。

我们相持了足有半个钟头。老人终于有些不耐烦了。她放下手中的长棍，问我：你到底是狼还是狗？

我一愣，难道她还没有判断出我的身份？

我再次装成狗的样子，向老人示好。但老人并没有上当，她重新握紧了长棍，嘴里念叨着：你是狼不是狗，狗不会长成狼的模样。

她竟然在慢慢向我靠近。

这老妇人，胆子够大的。

我站立在原地，静观其变。如果老妇人真敢动手，我打算在棍子落下的一瞬间，将她扑倒在地。许久没有吃到活物了，这个老人可以让我解解馋。

老人离我越来越近。

她的棍子差不多已经可以砸到我了。

老人高高扬起了手。

我做好了反击的准备。

此时，从不远处突然传来一声狗叫。老人随即愣在了那里。我从叫声判断，是小白。

原来她还没死！

果然，小白气喘吁吁地出现在我和老人面前。她先是向我发出了一声警告，然后咬住老人的裤脚，使劲地往后拖。老人似乎明白了什么，放下了手中的棍子。

稳住了老人，小白转向我，含情脉脉地对着我笑。

她平静地告诉我，男主人死后不久，女主人就被儿子赶了出来。她本想和女主人一起逃出来，但被小主人用铁链子拴住了，跑不掉。今天在黑子的帮助下，好不容易才逃了出来。

我拍拍小白的脑袋，以示安慰。

看到小白和我亲密的样子，老人终于放了心：看来还是一条狗！

她放下棍子，去做自己的事了。

## 十一

我不知道自己为何这么轻易地就原谅了小白。

回想起来，其实她也没什么大错。我用狼的标准来要求她，的确有点儿不切实际。

我问小白，这次逃出来，还回去吗？小白笑笑：当然不会回去了，女主人这么可怜，我要在这里陪着她。再说我不喜欢那个小主人，他太狠心了！

我点点头：你留在这里还有其他原因吗？

小白眼睛红了：有。

那是什么原因？我故意逼她说出来。

小白羞红了脸：你明明知道，还要我说！

我犹豫着说：可我毕竟是狼，你是狗，我们之间……

小白做出一副很调皮的样子：准确地说，我是狼狗，介于狼和狗之间。

愣了一下，小白又说：你是狼王，我很崇拜你，很想帮助你重组狼群……

别说了……我打断她的话，向河边的芦苇荡跑去。

小白紧紧跟在我身后。

对于狼来说，现在并不是交配的最好时节。我们通常选择在每年的一到四月份进行交配，而现在，已经是五月了。 但我已经顾不得这些了，只想快点重组队伍，重新成为狼王。

把交配的地点选在芦苇荡，也不是狼的风格。我们狼喜欢在空旷的原野交配，那样，更能激发我们的野性。但现在，我只能去芦苇荡。

小白知道将要发生什么。

不知道是因为紧张，还是因为奔跑的缘故，她的身体一直在瑟瑟发抖。我不停地用嘴巴舔舐她的脸部，耐心地等待着她平静下来。

芦苇荡里有些闷热，不时地有各种飞鸟在苇梢上嬉戏。我极力让小白放松，但她的身体还在不停地抖动。我们的头部互相摩擦着、抚摸着，小白的喘息越来越重。她终于忍耐不住，发出一阵呜咽。她在请求我。此时，我的欲望已经被彻底激发出来，没有了继续抚慰小白的耐心。我不管不顾地跃上了小白的后背。小白从喉咙深处发出一阵愉快的叫声，轻轻闭上了眼睛。

透过苇叶，我看到高远的天际飘来一片浮云，那云好白。我用尽最后的力气，努力与小白的身体分离。我听到小白发出一声沉醉的呻吟，她一下子扑倒在地，身体更加剧烈地抖动着。

芦苇荡重新恢复了平静。

我侧卧在小白的身边，她把脑袋斜靠在我的身上，半醉半醒地说：我从未有过如此深入骨髓的体验。

我看着小白的醉态，心里愈发喜欢她了。

离开芦苇荡时，小白对我说：我肚子里有了你的种，我很骄傲！

我点点头，和她肩并肩地走向果园深处。

从现在开始，小白将留在果园里陪女主人过活，这样也就能和我在一起了。我下决心在小狼出生的这段时间，将尽力陪伴着小白，给她捕猎各种食物。

小白来到果园，老妇人有了一个伴儿，似乎也特别高兴。她给小白弄来各种好吃的，满足她不断增长的胃口。怀上小狼以后，小白的食量大得惊人。为了肚子里的小狼，她改变了不吃生肉的习性。

因为小白，老人对我的态度逐渐改变。时间长了，她自然而然把我当作自己喂养的另一条狗。晚上，她允许我和小白一起留在老屋睡觉，但我不是狗，没有和人类相处一室的习惯。只得留下小白，恋恋不舍地回到果园深处。

这段时间，是我在果园里过得最快乐的日子。因为小白，我每一天都充满了巨大的希望。我期盼着小白能够顺利产下小狼，期盼着母子平安。

等待的日子是漫长的，也是幸福的。

为了避免意外，我不让小白离开果园半步。在这个果园里，她是安全的，没有什么能威胁到她。但出了我的领地，就不好说了。

这两天，小白常常无端地陷入恍惚，有时候她的心情很糟糕，莫名其妙地就会发一通脾气。我猜测她是想念以前的那些伙伴了，毕竟在麻庄生活得时间久了，离开狗群她可能有些不习惯。但我不敢让她重回麻庄，那样太危险了。

尽管我和小白异常小心，意外还是发生了。

这天，小白的女主人从谷缸里捡了半篮子鸡蛋，准备去集镇上卖掉，换一点买油盐酱醋的钱。出门的时候，小白拖着日渐隆起的肚子跟到了果园门口。我远远地跟在他们身后。忽然，老人的儿子从一边蹿了出来，不由分说就用一条铁链套住了小白的脖子，边套边数落：我还以为你死了呢，原来是跑到老东西这里来了。走，跟我回去好好看家护院！老人放下篮子，想制止蛮横的儿子，却被他凶猛地呵斥了一声：狗是我的！老人不敢上前了。这一切我都看在眼里，却毫无办法。我不能暴露自己，那样的话，只有死路一条。

小白向我发出凄厉的呼救。

我却无能为力。

小白被那个可恶的家伙拖走了。

## 十二

我从未如此无助。

眼睁睁看着小白被人拖走，眼睁睁看着即将出世的小狼面临着未知的危险，我却毫无办法。这滋味真是生不如死！

我只能对天长嗥。

我无助地蹲在老人的石板房前，等待着老人回来，想从她那里得到最后的希望。

中午时，老人终于从集镇上回来了。我对着她发出求救的呜咽声。老人听懂了我的求助，神情悲戚。她抚摸着我的头：我知道小白离开这里你很难过，但那个畜生是个恶棍，我拿他没有办法。你看，我都被他赶出了家，何况小白只是一条狗！

我摇摇头。我告诉她小白是我的全部，小白的肚子里有我的孩子。可是老人听不懂狼语，一切都是徒劳。

难道，真的到了必须和麻庄人公开对抗的时候了吗？如果我直接冲入麻庄，当然可以凭一己之力把小白救出来。但那样的话，我和小白就必须从此远离这里。她拖着那么重的身子，怎么能和我一起逃命？

可是，不如此，还能怎么办？

小白产崽还有一段日子，这期间，小白不能出现任何闪失。小狼出生以后，必须尽快离开麻庄，不然就会有被分离的危险。眼下，最要紧的是要确保小白的安全。

绝望中，我想到了黑子。或许，他可以帮我。

想找到黑子，就必须去麻庄。这一次，我仍旧选择在黑夜里行动。在上次行动的基础上，我重新设计了一下进村路线。我希望这次进村能够一举两得，一是能找到黑子，二是能接近小白。我知道此时的小白，最希望得到的是我的安慰。

天一上黑，我就蹿出了果园。

这个时间，正是麻庄人吃饭的时候。麻庄人吃饭有一个习惯，喜欢端着海碗蹲在自家门口，吸溜吸溜地喝着稀饭。为了躲开他们，我不得不绕了很远的路，一直潜伏在麦田行走。

估摸着差不多绕到了村子正前方，我从麦田跳出来，直奔麻庄的主巷口。

进入麻庄，我故意让脚步变得沉重，以此引起那些狗的注意。果然，麻庄的狗很快就察觉了我的到来，他们串通一气在各家院落里拼命叫唤。我没有离开，继续向前深入。

狗叫声引起了麻庄人的反感，他们在确认没有发现什么异常情况后，开始训斥那些狂叫的狗。狗们开始变得安静，边呜咽边在原地打转。

我也停下了脚步。

我闻到了黑子的气息，他就在附近。

我刚躲进墙角的暗处，一道黑影就向我扑来。

我边闪躲边问他：是黑子吗？我是来向你求助的！

对方停止了进攻，迟疑地问我：你真是来向我求助的？

我点点头：因为小白。

黑子冷笑：你难道不知道我也喜欢小白吗？你做下的好事，我还没找你算账呢，你倒是送上门来了！

正是因为你也喜欢小白，我才来找你帮忙的！小白现在很危险，我无法接近她，但你可以。我故意压低了嗓门。

黑子不说话了。

忽然，随着一道亮光照来，我听到了人的脚步，已经近在咫尺。此刻逃跑，徒劳无益。那人越来越近，手电筒到处乱照。

我有些慌乱，往墙角靠了靠。

黑子迅速用身子挡住了我。

与此同时，那道亮光照了过来，黑子对着那道光发出了两声抗议。只听到那个人发出一阵笑声：原来是黑子，鬼鬼祟祟躲在这里干什么!

黑子呜咽了一声。

那个人很快就走开了。

黑子救了我一命，也结下了我们的生死同盟。

等到那个人走远了，黑子对我说，你赶快走吧，我会尽力照顾好小白的。

我点点头，拍拍他的前腿，表示感激。

我问他是否可以带我去看看小白?

他迟疑了一下说：小白被那个可恶的小主人拴在了院子里，不好接近。你去，有危险。

我笑笑：我知道危险，但我必须亲眼看看她，这样才能放心。你只要把我带到她主人家的门口，剩下的问题我来解决。

黑子勉强地说：好吧，我带你去。

说着，他迈开脚步，快速向前跑去。我紧随其后。

远远地，我听到了小白的呜咽。她知道我来看她了。刚才那一阵狗叫，已经给她送来了信号。

小白主人家的大门紧闭，无法进入。

我看看黑子。

黑子叹了口气：既然我已经答应帮你，那就帮到底吧，院落后面有一个排水沟，可以进到院子里去。但排水沟很小，你这个身躯很难钻进去。

我心里一喜，告诉黑子：去试试看吧！

黑子把我带到了后墙，那里果然有一个排水沟。

黑子说我在外面给你放哨，一有危险就发信号。

我俯下身子，顾不上脏水的恶臭，使劲往院子里钻。

因为洞口狭小，墙皮刮掉了我身上的一大撮毛，我强忍住疼痛，终于钻进去了。

小白看到了我，流下了激动的泪水。

耳鬓厮磨了一会儿，小白指指还亮着灯的屋子，小声告诉我：小主人正在看电视，他对我很警惕，此地万不可久留。

我点点头，告诉她：我一定会想办法救你出去，你要多保重，保护好肚子里的小狼。

小白眼里含着眼泪：我知道，你放心吧。小主人看我拖着大肚子，正天天盼望着我生一窝“小狗”，他好到处送人呢。

我着急地说：那我们的小狼出生以后岂不是很危险？

小白摇摇头：至少在生小狼之前，我会很安全。等小狼生下来，我们就想办法离开这里。那样的话，小狼就不会有危险了。

我放下心来。

临走时，我把和黑子结成同盟的事儿告诉了小白。小白羞涩地点点头：你们能互相容忍，我很高兴。

这时，黑子在墙外小声发出了一个危险的信号。

我赶紧钻出了排水沟。在黑子的掩护下，迅速离开了麻庄。

## 十三

小白回到了麻庄，我又重新开始了孤独的果园生活。

偶尔我会去看看石板房里的老人，现在，果园里只有我们两个了。她有时候会丢给我一些食物，比如剩菜剩饭什么的。可惜，我对这些东西并不怎么感兴趣。老人常常对着我喃喃自语：你这条狗真不像狗，倒像狼。真不知道，我们家小白怎么会喜欢你。

因为不能去麻庄，所有关于小白的消息，我都是通过黑子得到的。黑子是一个很尽职的邮递员，他经常来果园，把小白的情况和口信带给我。作为回报，我则给他讲些关于狼王的往事。黑子听这些故事的表情很痴迷。看得出来，他很向往狼族的生活。

入秋以后，果园里一派丰收气象。被老人重新侍弄过的那几棵苹果树，奇迹般地结出了又大又红的苹果。摘下这些果子时，老人很激动。她从这些苹果中选了一个最大最红的，放在了老伴的坟头上，嘴里念念有词。

我站在不远处，静静地看着这一切。

老人忽然抬头大声对我说：你要是有良心，就不要动老头子的食物，我回头也给你一个大个的。

我笑笑，心说我又不是猴子，对果子没那么大兴趣。

黑子就是在这时出现的。他一进入果园就开始叫唤，兴高采烈地告诉我：小白生了！生下九只小狼！

我心中一喜，不停地追问黑子：是九只吗？只有九只吗？

黑子点点头：是九只，小白数了一遍，我也数了一遍。

愣了一下，黑子又说：怎么？你是嫌九只太少？这已经是麻庄有史以来的最高纪录了！

我点点头。

九只在我们狼群也是属于最多的！我急不可耐地问黑子：那些小家伙怎么样？

黑子明白我关心的是什么，微笑着说：放心吧，他们个个都很像你，绝对是狼，不是狗！

我终于放心了。重组狼群有希望了！我真想马上就见到小白和我的孩子们。可是，这是不可能的。我忽然想到小白对我说过的话，她的主人不久将会把小狼当作土狗送人。而我，必须在此之前采取行动。

怎么才能把小狼安全转移到果园里来呢？

看来，还得请黑子帮忙。

没等我张口，黑子就料到我要采取什么行动了。他犹豫着说：这很难，如果只是把小白带出来，不难；但要把九只未睁眼的小狼带到这里，不容易。

我坚持：我知道这很难，不难就不会找你黑子帮忙了！

黑子听出来我在抬举他，他很高兴：我会尽力帮你，但我们得想个万全之策。

我默然。

愣了一会儿，黑子眼睛忽然一亮：我有个主意，去动员麻庄的狗来帮忙！

我惊讶地问他：动员麻庄的狗？这行吗？

黑子很为自己能冒出这样的想法而激动，他在原地不停地兜着圈子，边转圈边分析：我觉得可行，考虑到小狼还不能自己行走，没有比这个更合适的办法了。

我让他具体说说。

黑子说：你、我加上小白，我们三个，我再去动员六条狗，这样，我们可以一次性地把小狼叼到这里来！比我们三个来回折腾三趟安全可靠得多！

黑子说的的确可行，可是，黑子能再动员来六条狗吗？把小狼偷出来毕竟是一件有风险的事儿，要是被麻庄人发现了，后果很严重。麻庄的狗愿意为我冒这个险吗？

黑子知道我有疑问，再次安慰我：你放心，我回去先动员一下上次见过你的那些狗，他们都很尊敬你，我估计问题不大。如果顺利，最近几天就可以行动了。

我点点头，叮嘱黑子：要小心，不要走漏了任何风声！

黑子说我知道。

犹豫了一下，黑子吞吞吐吐地问我：狼王，你重组狼群以后，是不是马上就会离开这里？

我点点头。

那你，会不会……黑子欲言又止。

我猜到了他话里的意思，微笑着告诉他：你放心，黑子，小白不会跟我走的，她是狼狗，狼狗毕竟还是狗，不适应狼群的生活。小家伙不一样，我会训练他们的野性，让他们像狼一样生存。所以，这一点，你尽管放心。

黑子得到肯定的答复，终于放下心来。

我知道，黑子依然很喜欢小白。他能帮我，多半也是因为这个原因。

黑子真是一条难得的好狗！

为了确保小狼在转移过程中的安全，我特别嘱咐黑子：尽量找那些生过小狗的母狗帮忙，她们有叼小狗的经验。

## 十四

两天后，黑子告诉我，动员工作做得十分顺利，愿意帮忙转移小狼的狗有二十几条！几乎包括了麻庄所有的母狗。

黑子的话，让我很感动。看来，我以前对于麻庄的狗的看法，是不对的。她们都是有情有义的朋友。

我和黑子商定，把行动时间定在三天后的夜里。那时，小狼们的身子骨也硬实一点了。在此之前，我们要做好所有的准备工作，包括组织所有的母狗，告诉小白行动的时间和暗号，侦查好转移的路线。还要告知这条路线上所有的狗，让他们配合不要发出叫声，以免惊动麻庄的人。

这似乎是一个浩大的工程。

这三天，是最难熬的。

为了让小狼有一个舒适的环境，我从河边弄来一大堆蒲草和苇叶，铺在靠近石板房的一个石洞口。这里离老人比较近，她看到小白在哺育期，肯定会给予适当的照料。与我比起来，老人或许更会照顾小白。更重要的是，靠近老人，可以更好地掩护小狼的安全。

行动的时间终于到了。

在茫茫夜色的掩护下，我悄悄来到了与黑子约定的地点。那里已经聚集了十几条麻庄的母狗，神态安详，表情肃穆。

黑子对我说：还有几条母狗要来，我阻止了。怕动静太大，引起注意。

我点点头，对他表示感谢。

你要不要对她们说点什么？黑子提醒我。

我犹豫片刻，只说了一句谢谢大家……就说不下去了。

黑子小声说，大家开始行动吧。

十几个黑影向麻庄深处奔去。

按照事先的商定，黑子站岗放哨，我从排水口钻进小白主人的院落，和小白轮流把小狼叼到排水口，再由墙外的母狗一个个叼回果园。

布置好这些，我钻进了院子。

小白早已做好了准备，把小狼收拾得干净利索。

她看到我，来不及多说什么，只叮嘱我：赶紧行动吧！

我第一次看到小狼，忍不住用舌头爱抚起来。小白催我：别磨蹭了，小主人有起夜的习惯，我们必须赶紧！说着，她叼起还在熟睡的小狼，向排水口跑去。我紧随其后。

小狼们都很安静，努力配合着我们。

几分钟以后，所有的小狼都成功转移到了墙外。

我和小白迅速钻出排水口，和其他叼着小狼的母狗一起，向村外跑去。

沿途，整个麻庄都很安静，没有一声狗叫。

看着眼前浩浩荡荡的队伍，我的眼睛湿润了。

等这支队伍走出麻庄，踏进果园，我长舒了一口气：现在小狼终于安全了。

因为转移的距离较远，小狼们一路被母狗叼着，都有些劳累。他们一沾到那些蒲草，就挤成一团，呼呼睡去。许是太过紧张，此刻小白也有些虚脱。

我对她说：你和小家伙们一起睡一会儿吧。

小白点点头：你也睡吧，离天亮还早着呢！

我摇摇头：不，我要看着你们睡。

小白很快就睡着了。

我轻轻抚摸着每一只小狼，看着他们毛茸茸蜷成一团的样子，心里洋溢着莫名的喜爱和感动。他们的耳朵尖利，尾巴厚实，完全继承了狼族的血统。看着他们，我对未来燃起了希望和憧憬。

天蒙蒙亮时，我迷瞪了一小会儿。醒来时，看到小白正围着老人转圈。老人看到小白回来很高兴，不停地用手拍着小白的脑袋。小白用嘴咬住老人的裤脚，拉着她往小狼这边走。老人看到那些小狼，脸上露出了十分惊讶的笑容。

从老人的表情看，她也很喜欢这些毛茸茸的小家伙。

和小白分别了许久，我有些想念她。我们偷偷绕到石板房的后面，好好亲热了一番。当我触到小白的身体时，被她拒绝了，喃喃地说了句：我还要喂小狼……

我很快就清醒了。

充满了阳光的日子过得特别快。

在我和小白的悉心照料下，小家伙们长得很快。几天以后，他们就能在果园里四处乱跑了。我和小白开始考虑，要不要把小狼转移到我在坟堆里挖的洞穴，我一直担心老人的儿子会再次到果园来找小白。这里离石板房太近，小狼们很容易被发现。而且，老人现在越来越喜欢小家伙们，她时常给他们弄来一些米汤饭糊——显然，她把小家伙们完全当作小狗来喂养了。我很清楚，必须早一点开始训练小家伙们的野性，绝对不能让他们以狗的生活方式生存。

小狼能进食碎肉以后我毅然决然地把他们带到了果园深处，开始训练他们的狼性。只是在每天的傍晚，才让小白带领他们接触一会儿老人。

# 十五

要训练小狼的野性，必须让他们自己捕食猎物。眼下，已经进入初冬，随着天气转冷，果园的野物越来越少。一开始的时候，我们还能抓到野鸡和狐狸，到现在，只能抓到野兔和苇塘里的一些飞鸟了。

要拿那些生性胆怯的野兔来训练小狼的野性，是远远不够的。

更为严重的是，随着天气转冷，我们还面临着填饱肚皮的严峻考验。

这期间，黑子到果园来过几次。他看了我训练小狼的全过程，脸上的表情很复杂。他时常出神地盯着小白看，一看就是小半天。我知道他对小白旧情难忘，而且他也算得上是一条讲义气的好狗。对他的“无礼”，我常常故意装作看不见。小白总是千方百计地躲开他的视线，一会儿帮小狼围堵野兔，一会儿去老人那里献殷勤。

这天，黑子又来了。

他来到以后就蹲在离我不远的地方，一动不动。我脑袋一热，冒出了一个戏弄一下他的恶作剧想法，趁他愣神的时候，命令所有的小狼一起围堵他，以此检验一下小狼们的野性和胆量。

随着一声令下，配合默契的小家伙们迅速把黑子包围起来，一个个龇牙咧嘴，颇有几分野狼的气势。

黑子没有任何准备，突然被狼群包围，吓得不轻，额头瞬间冒出了汗珠。他一边紧张地应对小狼的包围，一边四处寻找我和小白的踪影。

我故意躲在一个坟堆后面，他根本看不到我。小白正在石板房那边陪伴老人，不会注意到这边发生的事情。

小家伙们龇牙弓背，一点一点地缩小着包围圈。

黑子越发紧张了。

他看着眼前这些已经有半米多高气势汹汹的小狼，嘴里发出了呜呜呜的低鸣。

一只小狼带头发起了进攻前的呜咽，小家伙们都在跃跃欲试。

此时，小白恰好从石板房那边赶来，不明真相的她，一下子被眼前的情景吓蒙了。我赶紧发出了停止进攻的信号，小家伙们自动解散了。

黑子一屁股坐在了地上。

这次演练，我看到了小狼们的长进。看来，再有几个月，他们就可以自由捕食和战斗了。

“危机”解除，黑子依然心有余悸，在那里直喘粗气。

我满面笑容地走过去，对他说：没事吧，伙计？

他点点头：还好，刚才吓坏我了！不愧是狼王的后代，小家伙们个个都很勇猛！

我笑笑：估计和这段时间小家伙们不大能吃饱有关。

黑子愣了愣：我这次来就是想告诉你，最近麻庄接连病死了好几头猪，就扔在村前的野地里，麻庄的狗都不敢吃，你们……

我明白了黑子的好意，但考虑到小狼的健康，我也不想冒这个险。黑子的话加剧了我的忧虑：如果果园里的野物继续减少，小狼们将会面临饥饿的考验，目前最急需解决的，是小狼们的食物问题。

我没料到，还没等我想出对策来，小家伙们自己就行动了——他们捕食了麻庄的一头小黄牛！

说起来这事也不能全怪他们，那头小黄牛自己迷了路，跑到果园后面的河边去喝水，被小家伙们发现了，互相招呼一声，迅速把小黄牛围起来了。小黄牛哪见过这样的阵势，没命地往麻庄方向跑。但他的速度毕竟不如小狼，他们很快就制服了这头可怜的小黄牛。等我赶到时，小黄牛已经一命呜呼了。

小家伙们看到我，纷纷向我邀功。

我看看四周，在不远处的桥上，几个麻庄人正在向这边走来。我赶紧命令小狼，立即回到果园里去。

这次，小家伙们闯下了大祸。

麻庄人发现了那头被咬死的小黄牛，叽叽喳喳议论了一会儿，很快就推断出是狼群所为。他们当天就组织了一支猎狼队伍，在夜里包围了果园。

情况万分危急，我决定立即带着小狼突围。

我设计了一个最安全的突围路线：沿着苇塘从河水最浅处泅渡后，直奔抱犊山区，从那里翻越大山，进入仅存的一片山林，暂时在那里躲避起来。

为了掩护我和小狼，小白决定留下来吸引麻庄的猎人。她和黑子一起联合其他几条自愿加入的狗，故意在果园周围蹿来蹿去，干扰麻庄猎人的视线。在他们的掩护下，我带着小狼突出了包围圈，趁着夜色，向着抱犊山区急行军。

我无法确定那片山林是否可以作为永久的领地，但能确定的是，我终于成功重组了狼群，即将再次成为狼王。

到达山林不久，我竟然做了一个梦，梦到小白也来到了山区。她告诉我说麻庄的狗都很想念我们，他们在黑子的带领下，现在都有了狼性……

# 猴耍

——动物叙事之五

## 幕起：我就是那只猴子

不错，你此时看到的就是我。

我蹲在地上，手里拿着菜刀、板砖，正和主人战得不可开交。突然，我抛出菜刀，主人连连躲避。围观者纷纷惊呼。菜刀在空中打了几个转以后，撞在地砖上，顺势反弹，差点落到一个观众的脚背上。看到险些伤了人，主人发了狠，拉紧手中的绳子，高高扬起手中的鞭子。鞭子无情地落到我的身上，啪啪作响。我左突右奔，竭力躲开凌厉的鞭梢，但无济于事。主人用绳子将我牢牢控制在鞭子的范围内。围观的人群有的在喊好，有的捂着眼睛不敢看。等主人放下手中的鞭子开始收钱时，我已是遍体鳞伤。

我是一只猴子。

一只跟着主人在城市里走街串巷卖艺的猴子。

你刚才看到的那一幕并非全都是真的，那是我和主人互相配合的表演。以前，并没有这样的表演内容。大多数时候，我会在主人的指挥下翻几个跟头，或者倒立行走，再或者骑一下单轮自行车，钻几个火圈。但随着表演内容的重复，这些已经不能让观众满意了。所以，主人才想出了这样一个“人猴大战”的招，以此来吸引观众，从他们的口袋中多掏几个硬币。

虽然在表演中主人会特别小心，但我还是经常会挨到不少鞭子，弄得遍体伤痕。当然，我也会得到奖赏，每次表演完“人猴大战”，主人总是在进食的时候多给我加一个香蕉或一根香肠。

我时常想念山上的生活，那是一段多么美好的日子。与山上自由自在的生活相比，在城市卖艺的生涯真是痛苦不堪。

我们的表演就像是打游击，放一枪换一个地方。

每到一个街角，主人总是要先侦察一下“敌情”。如果运气好，周围没有城管或者警察，他就会选择一个人流量大的宽敞地儿，让我开始表演。这样的表演常常是速战速决，表演几个项目，主人就开始收钱，得到几个钢镚，赶紧转移战场。

在我看来，城市生活充满了乏味和枯燥，和主人一起游走在城市，我看惯了世间的人情冷暖和世态炎凉。城市里面永远生活着两种人，富人和穷人。城市里的穷人大多是从乡村来的，他们的命运和我类似，经常会被耍来耍去。我和主人一起露宿街头时，经常和这样的人为伴。他们妄想通过自己的双手过上城市富人的生活，可他们大多数时候都只能和我的主人一样，挣到的永远都是钢镚。

我最大的愿望，就是逃出城市，重新回到山林。

## 开场：我从山上来

我以前生活在丛林茂密的山上。那里有遮天蔽日的森林，有充沛的阳光和食物。四季常绿的植物树叶和各式各样的植物坚果保证了我基本的食物来源。夏秋两季，山上还有丰富的水果以及各类花朵和昆虫。飞禽到处都是，他们的卵是我加强营养的最佳选择。虽然我们猴类多数都是素食主义者，但偶尔也会吃一点小动物的肉，以此补充必要的蛋白质。大部分时间，我和其他猴子都生活在树上，只有在确认安全的时候，经过猴王的允许，才会下到地上来。

在大山中，我们过着有规律的自由的生活。

我仍旧记得小时候的生活。那时，到处都是太阳光，我在妈妈的疼爱中度过了无忧无虑的童年时光。我喜欢学着妈妈的样子去摘食坚果，去抓取植物的茎叶，偷食饱含在花朵里的花粉。我常常和猴群里的其他小猴打闹，妈妈总是警告我不要玩得太疯了。猴群里有严格的纪律，不准猴子之间互相打斗，如果有哪一只猴子试图武力逞强，等待他的将是猴王的一顿暴打，严重时甚至会被猴王逐出猴群。

妈妈在我很小的时候就教导我，一定不要冒犯猴王。他是我们的首领，谁惹怒他就等于自寻死路——被逐出猴群的猴子在山上几乎是无法生存下来的，山上捕食猴子的动物很多，一只形单影只的猴子很容易成为被攻击的目标。

长大是一件危险的事情。在整个童年时期，我对于猴群之间的战争一无所知。为了照顾我，妈妈没有像其他母猴那样，遵照猴王的意愿，产下更多的猴崽。猴王是一个暴君，他常常欺负那些还没有性成熟的母猴，我也免不了成为他侵犯的目标。他还有一个恶习，常常会把得到的食物聚拢成一大堆，自己吃饱后一屁股坐上去，不准其他猴子靠近一步。他以此来奖赏讨好他的母猴，惩罚不听话者。为了抢夺食物，猴群之间经常互相追打。作为刚成年的小猴，我一直处于妈妈的保护之下。妈妈身体健壮，凭自己的本领就可以得到丰富的食物，因此不太惧怕来自猴王的排斥和冷遇。

猴王是一个朝三暮四的家伙，谁和他交配他就和谁好。所以，对付他，其实也容易。在整个猴群当中，猴王最喜欢那只叫丽娜的母猴。丽娜今年两岁，正处于青壮年，身材高大，有着长长的尾巴和红红的屁股。她胸部的皮肤色彩十分鲜艳，尤其是到了发情时期，屁股和胸口一片五彩斑斓。这或许是丽娜能够长期吸引猴王的主要原因。但喜欢归喜欢，交配归交配，猴王是不会放弃他统治下的任何一只发情的母猴的。和任何一只母猴在任何地点、任何时间交配是他的特权，也是他作为猴王的荣耀。

那天，我在一棵大树下玩耍。一只调皮的小麻雀不厌其烦地在我面前晃来晃去，趁他不备，我猛地伸出手，竟然一下子将他抓住了。我很兴奋，想向同伴炫耀一下，却看不到群猴。他们都去觅食了。

小麻雀不停地在我手中扑腾着翅膀。他越挣扎，我越兴奋。我把小麻雀从左手换到右手，蹿到了最高的一个树杈。我在树杈上坐稳以后，两只手捧起着小麻雀，凑到眼前，歪着脑袋仔细观察他。突然，小麻雀挣扎着跳出了我的手心，扑棱着翅膀向旁边飞去。他的翅膀被我拍伤了，并没有飞出去多远，歪歪斜斜地落到不远处的一个小树杈上，还没站稳脚跟，又忽忽悠悠地掉了下去。他在地上扑棱了几下翅膀，想站起来，试了几次都没有成功。我看他的样子实在可怜，刚想跳下去帮他，却看到另一个猴群的猴子以迅雷不及掩耳之势将小麻雀抓在了手里，迅速向旁边一棵树上爬去。那棵树上蹲着一只胸脯鲜艳的母猴。那不是丽娜吗？再看看那只正拿着小麻雀讨好丽娜的公猴，我似乎明白了什么。

这是一只正值壮年的公猴，体毛非常艳丽。他屁股和胸前艳丽的色泽表明，他正处于求偶期。为了讨丽娜的欢心，他一巴掌把小麻雀拍死，毕恭毕敬地献给了丽娜。丽娜颇有兴致地把玩着麻雀软塌塌的尸体，从左手换到右手，又从右手换到左手，乐此不疲。壮年公猴眼睛盯着丽娜的屁股，十分警觉地朝四周看看，慢慢给丽娜理起了毛。

理毛是猴子之间互相讨好的方式之一，也可以说是亲昵的表现，处于发情期的公猴常常以这种方式博得母猴的欢心。对于他的越轨行为，丽娜并没有拒绝，而是很享受地闭上了眼睛。我震惊了。丽娜竟然如此大胆，难道她就不怕被猴王发现了？在我们这个群体里面，没有猴王的允许，母猴是绝对不能接受其他公猴的理毛行为的，何况对方还是另一个猴群的公猴！

理了一会儿毛，公猴又给丽娜捉了一会儿虱子。猴子之间互相捉虱子是常见的行为，这和理毛类似，也是取悦对方的重要方式。猴子身上并没有那么多虱子，那多半是我们皮肤表层的一种分泌物的结晶体，略带咸味。捉虱子既是猴群之间的一种闲趣，又是互有好感的表现。几乎在一瞬间，那只公猴拖住了丽娜的屁股，快速地动作起来。几分钟以后，丽娜忽然发出呜呜的叫喊。公猴立即停止了动作，快速从丽娜身上跳下来。他机警地观察了一下四周，试图再次抓住丽娜的屁股，被丽娜拒绝了。无奈之下，他迅速地跑开了，消失在丛林之中。丽娜还处于交配的兴奋当中，在原地停留了一会儿，一转身，也消失了。

我第一次这么近距离地目睹了猴子之间的交配，这件事对我刺激很大。我无论如何都想不明白，深受猴王宠爱的丽娜怎么能偷偷和其他猴群的公猴交配？她的胆子也太大了。

在我刚成年的时候，妈妈试图给我灌输这样的思想：作为成年母猴，我是属于猴王的，这是命中注定的安排。但我讨厌猴王，尤其讨厌他的屁股。由于长时间地为猴群站岗放哨，以及过于频繁地交配，让猴王的屁股堆满了粗大的硬块，这使他行走的样子非常难看。在我眼里，他甚至不如那只刚成年的公猴西西有领袖风度。我能感觉到，猴群中不少母猴都对西西很有好感，包括丽娜。

在猴群里，没有永远的猴王。猴王地位显赫，许多不安于现状的公猴随时都会对猴王的地位发出挑战。我从年轻公猴西西的目光中看到了这种取而代之的欲望和力量。在我看来，猴王和西西之间早晚会有一战。

## 转折：猴王和西西

夏末秋初是猴群最逍遥自在的时节。此时山上的食物异常丰富，果实成熟了，坚果也多起来。这个时候天气不冷不热，正是猴群交配繁殖的旺季。我早已步入成年母猴的行列，妈妈也早就放手让我独立活动。

她最后一次教我本领是如何处理身体定期出现的红色液体。每当那个东西出现过后，我就变得特别烦躁不安。后来我终于知道这就是所谓的发情。

一场雨水过后，山上的空气变得异常清新。阳光穿透浓密的树叶照射到我的身上，洁净的体毛显得愈发鲜艳。猴群的大部分成员都蹲在树丛中的一片开阔地带，在那里闭目养神。这时，猴王悄悄靠近我，很有耐心地在我身旁坐下来，帮着我理毛。我第一次接受妈妈以外的猴子为我理毛，有些紧张。我很清楚猴王给我理毛的目的，他早就想把我占为己有了。对于他来说，我是一块真正的未被开发的处女地。这是一笔宝贵的财富。每一个掌握大权的猴王，最希望看到两件事：一是母猴的数量不断增加，二是后代迅速繁殖。他最不能容忍的就是母猴不为他繁衍后代。

在猴王为我理毛的时候，所有的母猴都在专心致志地低头做着自己的事情，只有丽娜和妈妈，偷偷观察着我和猴王的一举一动。妈妈的眼神里面有一丝担忧，在最后看了我一眼以后，她终于也像其他猴子一样转过去身子。丽娜的眼睛还在死死地盯着猴王，眼神里满是失望和嫉恨。猴王显然不在意她，仍旧耐心地给我理毛捉虱子。随着猴王理毛和捉虱子的动作加快，我的心跳不断加速。终于，猴王失去了耐性。通常，在猴王主动为母猴理毛捉虱子时，母猴都要主动迎合他，做出同样亲昵的动作，以示愿意得到宠幸。见我迟迟不做回应，猴王终于忍耐不住，嘴里发出吱吱吱的叫声。这叫声表明他正处于交配前的高度亢奋当中。他很快就采取了行动，我几乎被他沉重的身体压倒在地，努力撑住站稳以后，我开始反抗。

我对猴王的粗暴很是厌恶。如果他能始终如一温柔地对我，或许我会遵从猴群的纪律，让他得逞。但猴王瞬间爆发的粗鲁让我产生了巨大的恐惧，忍不住开始左右腾挪，奋力挣扎。我越是挣扎，猴王越是兴奋。我的反抗更加刺激了他的欲望。在他即将得逞的那一刹那，我大声尖叫起来：可怜的老东西，被母猴背叛了还不自知！

猴王停止了进攻。

猴群目瞪口呆地看着眼前的一切。

丽娜紧张起来，警惕地竖起了耳朵。

猴王厉声质问我：你说什么，谁背叛了我？

我没有退路，只能继续往下说：你以为你自己很了不起，强力可以征服一切？猴群里早就有母猴背叛了你！

猴王气急败坏地打断我：你说出她的名字！我咬死她！

我要挟猴王：那你要保证以后不再侵犯我！

猴王冷笑了一声，点点头。

我看看丽娜，她已经在开始浑身发抖，企图夺路而逃。猴王看到她的样子，很快就明白过来。不等我说话，一个箭步蹿过去，啪啪打了丽娜两个响亮的耳光，边打边对着她吼：是不是你？是不是你背叛了我？

丽娜不敢承认，也不敢反抗，保持了沉默。

她的沉默更加激怒了猴王。

我看到西西正幸灾乐祸地盯着这一切。

眼前发生的事无疑让猴王威风扫地，这给西西谋权篡位创造了时机。

我没有想到猴王会把丽娜处死。我能想到的最坏结果是把丽娜逐出猴群。他之所以对丽娜采取了最严厉的惩罚，显然是为了在群猴面前挽回一点颜面，重新树立自己的威望。

在狠狠地打了丽娜几巴掌以后，愤怒的猴王用头把她顶翻在地，然后骑上她的身子，当着猴群的面，把尖利的爪子伸进了丽娜的屁股。丽娜发出无比惨烈的叫声，她试图重新站立起来，挣扎了两下，终于忍不住疼痛，在地上打起滚来。鲜红的血水从丽娜身体里喷涌而出，洒满一地。猴群都被眼前的情景吓呆了，纷纷闭上了眼睛。我看看西西，他像是被猴王的架势镇住了。

丽娜挣扎了一会儿，闭上了眼睛。

她的眼神里充满了仇恨。其他母猴包括妈妈看我的眼神也是如此。我知道自己干了一件极不光彩的坏事，因为这个事件，我在猴群里的生存环境越来越糟糕。猴群开始远离我，除了西西，再也没有一个猴子主动靠近我。我不知道西西是出于什么目的，现在只有他肯接近我，而且还主动为我理毛。西西的行为猴王都看在眼里。奇怪的是，他并没有阻止西西，也没有向我发出警告。我隐隐地感觉到，有什么事情将要发生了。

眼前的一切看上去还都是风和日丽。鸟鸣声声悦耳动听，暖风轻轻拂过脸庞，阳光温暖地照耀着大地。小动物们在地上跑来跑去，互相嬉戏打闹。我看到小松鼠一家正在忙着采集松子，一窝蚂蚁在异常勤奋地忙着搬家。有一只狐狸从这里路过，顺手提走了两只正在晒太阳的小刺猬。

随着天气转冷，为了得到更加充足的食物，猴群不得不扩大了活动范围。这期间，为了争夺地盘，猴王带领着我们和另一个猴群打了一仗。猴王在这次战斗中负了重伤，差点丧命。两只怀孕的母猴被当场咬死，其中包括我的妈妈。西西在这次战斗中表现勇猛，不但击退了猴群进攻，还救了猴王一命。当时对方的三只公猴集体围攻猴王，其中一只死死咬住猴王的脖子，如果不是西西及时相救，猴王一定会被咬断喉管而气绝身亡。

这次地盘大战让西西在猴群的地位直线上升，已经有好几只母猴对他流露出了爱慕之情。但西西还是主动接近我，不厌其烦地给我理毛捉虱子。不知道是不是因为西西救了猴王的命，猴王默许了西西和我建立起的特殊关系。

秋天很快就要过去了，严寒的冬季即将来临。山上大多数树木都开始落叶了，大片大片的树叶铺满了整个山岗。蹲在山岗的最高处，可以俯瞰不远处的那个小村庄，村庄里的猎人时常进山来捕捉野猪，我们必须时刻小心他们布下的陷阱。

西西仍在不厌其烦地坚持着为我理毛的友好行为，我当然明白他的企图，他在帮我理毛的时候故意碰触到我的屁股。和猴王比起来，西西的举止要温柔得多。

一天，猴王带领猴群来到一片落满坚果和树种的开阔地带。不知道是不是因为疲劳，猴王捡拾了一会儿树种，就靠在一棵大树根上睡着了。西西悄悄来到我身后，递给我一把刚捡到的坚果，我津津有味地吃起来。看着我的吃相，西西笑笑：那边有一个灌木丛，我们到那边去吧。我看看猴群，大家都在忙着捡拾地上的树种和坚果，没有谁注意我们。我点点头，羞涩地跟在了西西身后。

那片灌木丛面积不大，钻进去以后，还没站稳，西西就迫不及待地骑上了我的屁股。在迷离中，我闭上了眼睛。不知道过了多久，我突然听到了一阵邪恶的笑声，那笑声就在我的身后。我回头望去，看到了猴王那张令人憎恶的脸。我意识到了什么，回头寻找西西，哪里还有他的身影?

西西欺骗了我。

从一开始这就是一个预谋。

我没有想到西西会和猴王联手对付我。为了当上猴王，西西采取了更为稳妥的和老猴王合作的方式。我太单纯了。巨大的失望感无情地袭击了我，我想离开猴群了。就在我跑出那片开阔地带时，我的脚下突然一空，我掉进了猎人设下的陷阱。陷阱很深，底部铺满了尖利的木棍。我的肚子被一根木棍刺个正着，一时间动弹不得。

不知道过了多久，陷阱上面传来一阵窸窸窣窣的声响，我模模糊糊地看到一个猎人正在向陷阱里面张望，看了半天，发出一声惊叹：怎么会是一只猴子？

## 幕落：最后一次表演

当我再次醒来的时候，已经被猎人带到了山下村子里的一个小院。

猎人把我送给了住在这里的一个耍猴的艺人，在他的细心调理下，我的伤口很快就痊愈了。他把我调教成了一只会耍把戏的猴子，跟着他走起了江湖，从乡村来到了这个城市。

城市是不安分的。

从来到这个城市的第一天起，我的耳朵就被各种各样的声音所占据：汽车尖锐的鸣叫声，歌舞厅里的音乐声，人类兴奋而膨胀的呼喊声，还有隐藏在各个角落里的交媾声，声声刺耳。每当此时，我就痛恨起自己过于灵敏的听觉。

我和主人已经在这个城市待了近半年时间。刚来这个城市的时候，天气还冷得很，现在却已经是烈日炎炎的夏末秋初了。这个季节的城市到处都隐藏着躁动不安，人类的欲望充盈在城市的大街小巷，在那里不断发酵，散发出浓重的腥臊味。城市里的人仿佛被一双巨大的手所掌握，这双手如同套住脖子的绳索，控制着一切，牵制着一切，最后不得不接受被耍来耍去的命运。

我和主人在城市的最后一次表演，是在这个城市的中心广场。

晚上七八点钟，广场上的人最多。这个时侯，许多人会在广场上散步、遛狗，以及和女人约会。主人牵着我来到一盏明亮的街灯底下，摆好表演道具，轻轻敲了一声铜锣，广场上的人群像蚂蚁一样围过来，等着好戏开场。

表演开始。我动作麻利地跃上木砖，准备表演拿手好戏空翻。突然，一个声音从人群中传来：这年月谁还对耍猴感兴趣，耍人多来劲！顺着声音望去，我看到一个身体极度臃肿穿戴十分考究的胖子挤过人群，指着主人说：你，耍猴的，代替猴子来表演一个项目，我给你一千块！和胖子一起的另外三个人也在那里附和：赶快表演吧，我们给你大价钱，哈哈。

主人从未遇到这样的难题，有些胆怯，向周围的人求助，可是没有一个人搭理他。这时，一个露着白净大腿和膀子的时髦女郎嗲声嗲气地对那个胖子说：算了，他不表演就不看了，人家是耍猴的，又不是耍人的。胖子有些不高兴，他不怀好意地对女人说：你等着瞧，我不但会让你看到耍人，还能让你吃到猴脑！说完，他拍着腰包大声对主人吼了句：小子，我这里有五千块钱，你只要像那只猴子一样在地上翻个跟头，这钱就归你了。

对于主人来说，这钱不是个小数目，我们这半年赚到的钱都没有这么多。我看到主人在犹豫。他不断地看看周围的人群，又看看我，再看看胖子手中的钞票，犹豫着，沉默着。人群瞪大了眼睛，都在等着看好戏。几分钟以后，主人趴在了地上，异常迅速地翻了一个跟头。让我吃惊的是，他翻跟头的动作是那么娴熟，比我干净利索得多。

翻完跟头，主人面无表情地从地上站起来。胖子把一捆钱扔到了他面前，他并没有马上去捡，而是呆愣在那里，像是被谁使了法术。我从木砖上跳下来，一把抓住那捆崭新的钞票。在我看来，这是主人表演得到的奖励，就像我每次表演完从他那里得到糖块一样。

人群保持着沉默。

看到我捡钱的样子，胖子和时髦女人放肆地笑出声来。笑完了女人对胖子说，你刚才不是说还会让我尝到猴脑嘛，这只猴子就不错！胖子点点头，又从腰包里掏五千块钱，对主人说：这里还有五千块，是买这只猴子的钱。你有了这些钱，今后就用不着卖艺耍猴了。怎么样，卖给我吧？

主人愣住了，不说话。

胖子又拿出一打钱，对主人说：我再加两千块，现在可以了吧？

围观的人群中有人说了句：七千块，买一只猴子，可以了。还有人说：人家那是卖艺的猴子，哪能轻易卖了叫人吃猴脑。

主人开始犹豫。

时髦女郎说了句：你这个耍猴的，怎么这么死脑筋，卖了这只猴，回山里再捉一只不就行了！

主人目光呆滞地看着胖子鼓鼓的腰包，我知道那些钱足够他实现盖三间瓦房娶一个女人的梦想，足够他在山里过上一段幸福的生活。

或许你已经猜到了最后的结果。

当那个胖子和时髦女郎生吃猴脑的时候，我在迷迷糊糊中回忆起了山上的日子，我想到了妈妈。我刚要想到主人的时候，那个胖子吃完了我头骨里的最后一块脑体。于是，我就什么也想不起来了。

上架建议：文学／选集

ISBN 978-7-218-12479-7

定价：39.80 元